***Virginie Noar** est pigiste et travailleuse sociale. Elle exerce dans un espace de rencontre parents-enfants. Elle est aussi l'autrice de* La nuit infinie des mères.

# Le corps d'après

**Du même auteur**

*Le corps d'après,* Éditions François Bourin, 2019
*La nuit infinie des mères,* Éditions François Bourin, 2021


MON POCHE
14 avenue des Droits de l'Homme – 45000 Orléans

Virginie Noar

# Le corps d'après

MONPOCHE

*Aux fillettes qu'on a prises*
*pour des poupées en plastique*
*qui ont fermé les yeux*
*quand on les a couchées à terre*
*et les ont rouverts quand elles se sont relevées.*

*Le sexe, bien plus encore que n'importe quelle autre partie du corps, est devenu le lieu ultime où se tapit la puissance d'agir du sujet. Le défendre, c'est se défendre. Et l'atteindre en premier, c'est briser ce par quoi le sujet [...] capable a été institué.*

Elsa DORLIN,
*Se défendre. Une philosophie de la violence*, 2017

*Quelque chose d'inimaginable, de colossal, trois secousses qui s'emparent de mon ventre comme d'une pâte à pétrir, le soulevant puis le précipitant vers le bas. Navire dans l'ouragan qui craque de partout, dont on a entièrement réduit la toile et qui tient tête seul, avec les os de ses mâts dressés dans le noir, à l'infiniment plus grand et plus fort que lui.*

Marie CARDINAL,
*Une vie pour deux*, 1978

MAIS TU N'ES PAS MORTE.

Les pieds immergés dans la mare de tes entrailles exfoliées, tu n'es pas morte, tu es bien vivante. De chair et d'os et de viscères.

Derrière la porte, elle est là, les paupières closes et l'insouciance au corps.

Elle t'attend, elle te manque ; où est-elle ? Elle flotte dans l'air et tes chevilles se noient.

Tu ne parviens pas à toucher, là. Ça ne cesse jamais de couler, tu ne sais que faire de cette serviette rêche et minuscule, blanche absurdité moquant l'ampleur de la tragédie. Ils ont cousu, là, entre tes jambes, à l'intérieur de toi béante, ils ont fait des points avec un fil et une aiguille, t'ont rapiécée, le geste las et l'âme ailleurs. Ils ont cousu ici et tu l'as senti, oh oui tu l'as bien senti, tu es déchirée dedans.

Ça tourne autour. Tes jambes vacillent, ton corps est faible et rompu, tu voudrais rentrer à la maison et dormir jusqu'à beaucoup. Tu as mal aux os, tu as mal au corps, tu as froid, tu frissonnes.

La sage-femme t'a laissée, là, sur le seuil de la porte. Elle t'a abandonnée et a dit *« à tout à l'heure »* d'une voix guillerette, comme si elle ne voyait pas dans tout ce corps éreinté que tu voulais la supplier de ne pas te laisser comme ça, vidée comme un poulet, dépecée, charcutée, mutilée.

En tremblant, tu fais couler un mince filet d'eau sur ce morceau de chair bleuie par les efforts, cette tranche de peau malade et gélatineuse qui se balance sous tes yeux et porte la mélancolie précoce du nourrisson qui n'y reviendra jamais.

Ton ventre. Tu n'as même pas pensé à le toucher une dernière fois et il n'en reste que sa peau flétrie. Tu es devenue un fruit passé, tu dois maintenant te laver, effacer les traces de l'Évènement, tout doit disparaître. Là-bas, derrière la porte, ils ont déjà dissimulé le sang la merde les larmes les cris, les draps ont été changés, la lumière a été tamisée, il ne reste que le bébé à la peau douce dans un pyjama de velours et un bonnet trop grand pour lui, un bracelet en plastique avec son prénom dessus, la layette et les publicités dedans. Tout est prêt pour que le monde accueille le nourrisson enfin extrait de la mère mais, tout de même, madame, lavez-vous la vulve, soyez présentable.

Où est-elle ? Que fait-elle ?

*Lave-toi.*

Tu as froid, tu pleures, tu suffoques dans ce réduit aseptisé mais tu sais aussi que *c'est que du bonheur,* c'est comme ça qu'ils disent tous : « *quand ils déposent le bébé sur ton ventre vide, tu oublies tout* ». Pourquoi tu n'oublies pas tout, toi, hein ?

*Lave-toi.*

Pourquoi tu pleurniches alors que ton bébé, là-bas, *c'est que du bonheur ?*

Avec l'écume blanche du savon entre tes mains, tu effleures lentement ta poitrine et. Ton ventre. Flasque et las.

Prise de vertige, tu ne peux soudain réprimer le hoquet de dégoût qui jaillit de ta bouche. Tu regardes tes pieds, souillés de vomissures et de sang et tu entends *« c'est que du bonheur »* dans ta tête obstinée, cette petite tête capricieuse qui ne veut rien entendre de ce que disent les autres.

Et puis tu chancelles.

Tu voudrais pleurer, être vivante de larmes ou de cris peu importe, tu claques des dents, tu voudrais dormir et qu'on t'arrache de ce corps étranger, là, tout de suite, ne jamais avoir vu cette étendue de sang qui macule la salle de bains étroite et virginale. Tu t'assieds sur la cuvette des toilettes parce que.

Ça virevolte.

Tu ne peux plus. Tu as mal. Peur. Tu chuchotes *« au secours »*.

Ça tourne. Ça virevolte.

Tu tombes, de ce corps nu qui saigne sans s'arrêter. Mais tu n'es pas morte.

Tu n'es pas morte.

1

# Le corps d'avant

INSTALLÉ. AGRIPPÉ. Ça bat la chamade là-dedans. Cette pièce est trop petite pour mon émotion qui déborde. J'ai les larmes au bord des yeux et de l'urine sur les doigts. J'ai tant imaginé ce moment et maintenant qu'il est devenu véritable, je ne sais plus quoi en faire. Ça ne ressemble à rien d'autre.

Un souvenir à fabriquer, une histoire à raconter, un cliché à réussir.

Immense chamboulement qui commence avec une petite ligne droite sur un boîtier rose et blanc. Et juste une odeur d'urine pour dire l'essence du monde. L'essence de l'Homme dans quelques gouttes existentielles.

Et la culotte aux chevilles pour souligner l'incongruité.

C'est atrocement grisant. C'est la dinguerie matérialisée dans un morceau de plastique rectiligne.

*« Allô... euh, je ne sais pas trop comment vous dire ça, j'ai fait un test de... euh... de grossesse ce matin et il semblerait, vraisemblablement, qu'il soit... comment dire... positif. Enceinte. Oui, voilà. Enceinte. »*

Enceinte. Enceinte. Enceinte.

Ce n'est pas imaginable, une chose pareille. Impossible à prononcer autrement que du bout des lèvres. Comme s'il s'agissait d'une phrase ordinaire au milieu des mille banalités prononcées chaque jour. Comme si ça voulait dire quelque chose.

J'ai le vertige. Des palpitations dans la tête et les jambes dans le coton.

Les mots sont devenus choses insensées à force de tourner en boucle dans ma tête, à force de mélanger nos corps sans résultats, tous ces mois déçus d'urines et de foutre infertile.

Ahurie, je contemple mon ventre, bout de peau immobile, inchangé. Comment est-ce possible qu'un tel bouleversement biologique, métaphysique, soit si invisible ? Si imperceptible ?

Il faut lui annoncer.

Mais rien n'est à la hauteur. Je n'ai que de la maladresse et des mots inachevés pour lui révéler l'ivresse de ce qui nous attend. Je n'ai rien que des larmes. Et lui aussi n'a que les siennes à mêler aux miennes.

Alors sa bouche. Ma bouche. Filets de bave dégoulinant sur les corps confondus. Bouche sein dos nuque. Fesse cuisse bite bouche. Boucler la boucle de l'amour féroce qui nous a rendus là.

S'essouffler, se murmurer, s'affamer d'obscénités dans l'étreinte logique de nos deux corps apprivoisés. Sécher les larmes dans la sueur, ma tête contre la toison de son sexe dressé, mes ongles plantés dans ses cuisses, mes genoux usés au sol.

Et mon ventre qui se balance au-dessous des ébats.

Et mon ventre qui n'est plus vide.

Après l'euphorie et les baisers salés séchés, il y a le début.

Le commencement de la chose ineffable, infime chose venue bousculer le quotidien rompu de nos vies ordinaires. Inodore, indolore, l'invisible chose a migré dans mes chairs fécondes.

C'est le début.

L'absence de sensations. Les inquiétudes irrationnelles. La peur que, soudain, tout s'arrête.

Alors, stupéfier les joies dans le sillon des lendemains incertains. Ne pas s'amouracher d'un tubercule en formation, c'est bien trop ridicule et puis, sait-on jamais, il pourrait. Mourir. Disparaître entre mes jambes et se répandre en coulées flasques.

Je me sens coupable. D'un bonheur qui ne vient pas.

Je me sens coupable. Des larmes insensées alors que je devrais sourire. De mon incapacité à mesurer l'ampleur de l'infinitude.

Et puis, ce matin-là, j'entends. Entre les quatre murs silencieux qui ne voient pas le désordre alentour, j'entends. Le balbutiement de son cœur.

Comme un film qui voudrait montrer l'imbécile indicible.

Trois millimètres d'une vie fabriquée dans le dedans de mon corps.

Trois millimètres de promesses que j'imagine sans retour possible.

Mais ce n'est pas imaginable tout ça.

Je ne sens rien dans mon corps habité. Mais, sur le petit écran, on le voit bien, que je ne suis plus vide.

Et maintenant, c'est la suite de l'histoire pas encore racontée.

Un petit corps gesticulant comme un lézard dans un bocal.

Solitude.

Juste un vieil homme aux mains gantées de latex pour partager l'immensité. Le merveilleux. L'extraordinaire.

Et maintenant, c'est la suite de l'histoire, alors je me dis *« si ça se termine, c'est trop triste. Il bouge dedans. Il nage »*. Maintenant, c'est la suite de l'histoire, et je souris béatement au milieu du désordre.

Quels sont les chemins qui mènent au désir d'une vie à fabriquer ?
Est-ce pour laisser une trace de tout ce qu'on ne parvient pas à dire derrière les *je t'aime* ? Est-ce biologique, hormonal, inné que de vouloir engendrer un même que soi ? Est-ce pour ne pas faire mourir l'éternité ? Est-ce de l'égoïsme pur ou alors le paroxysme d'un narcissisme collectif qui fait de nous des êtres multipliables, reproductibles à l'infini, capables de fabriquer des milliers de nous-mêmes et de féconder la planète avec des identiques ? Est-ce parce que nous avons atrocement peur de la solitude à venir ? Est-ce pour avoir toujours une main à tenir, une main qui s'accroche, une main pour s'agripper ? Est-ce pour se remplir la tête et la vie de milliers de choses à penser ? Est-ce pour donner une deuxième chance à l'enfant qu'on a été, ou à celui qu'on a oublié d'être, celui qui a dû trop se taire d'être un enfant en dessous des adultes ? Est-ce qu'au fond on voudrait réparer, réinventer et puis rêver une nouvelle histoire ? Est-ce qu'on voudrait faire mieux que nos parents, nous différencier de ceux qui ont façonné nos névroses

au lieu de nous aider à grandir ? Est-ce une manière de se distinguer, de devenir des exceptionnels dans un monde uniforme et trop lisse ? Est-ce parce que les autres attendent, derrière les années, que j'endosse le tablier pour devenir la mère à mon tour, *« alors quand est-ce que tu t'y mets toi aussi, regarde autour de toi, elles sont toutes enceintes »* ? Est-ce que c'est juste de l'amour et du sexe, chaud et suave, la verge en érection dans un vagin qui exulte d'être rempli ? Est-ce que tout cela se prépare à l'avance ? Doit-on noter les coïts et le foutre échappé pour être certains que le bébé arrive au bon moment, pas trop tôt mais pas trop tard quand même ? Tic tac tic tac. *« Alors il arrive ce bébé ? Quand est-ce que tu t'y mets, hein ? »* Est-ce une forme de maîtrise sur tout ce qui nous échappe ? Est-ce une façon de réparer le monde parce que nous l'avons déjà gâché, abîmé, et que nous ne savons plus quoi en faire, de ce monde à bout de souffle ? Est-ce qu'il existe des combines pour accélérer la fabrication, optimiser les chances, devenir des adultes efficaces, efficients, productifs – ingurgiter des comprimés, se gaver de légumes, lever les jambes après l'éjaculation et les soupirs ? Est-ce que ça fait un nouveau projet dans la vie quand on a fini d'être un adolescent ? Est-ce que c'est une folie ou au contraire le signe ostentatoire de la sagesse adulte ? Est-ce que c'est vraiment un choix de devenir parent ? Mais avons-nous le droit d'avoir le choix. Est-ce que. Est-ce que. Est-ce que.

POURTANT, AU DÉBUT, *au presque début, c'était juste une histoire d'odeur qui manquait à la vie pour qu'elle vaille la peine d'être vécue. Juste une odeur de sexe, de sueur et d'indécence frivole, comme des banalités à oublier une fois consommées. Ce n'était pas prévu que ça devienne une promesse de chagrin. Ce n'était pas du tout prévu comme ça. On devait baiser, c'est tout, s'exténuer, glisser l'un contre l'autre, mouillés tremblants, le souffle court, se pénétrer, jouir puis soupirer, tout ça pour ne pas oublier qu'on était vivants et qu'on ne deviendrait jamais des gens morts, usés, aigris.*

« DÉTENDEZ-VOUS *mademoiselle, sinon je ne vais pas y arriver.* »

Je pourrais, sobrement et poliment, lui indiquer que son gant en latex sur mes muqueuses asséchées me fait mal, lui demander de m'avertir avant, juste un peu avant d'introduire ses doigts dans ma vulve, ça m'aiderait beaucoup, merci. Je pourrais lui dire que je vis l'examen méticuleux de mes chairs enfantées comme une agression. Je pourrais lui expliquer ce que ça fait que d'être couchée sur le dos, lui narrer mes jambes largement écartées et mes pieds dans les étriers, mon sexe et mon anus béants offerts à sa vue impudique, mon impression d'être un morceau de viande sur une table de boucher, prête à être emballée sous cellophane et dévorée déchirée mastiquée.

Mais je reste tranquille, sage, obéissante sous les doigts experts.

Que se passerait-il si, de but en blanc, je lui faisais l'affront de mon aversion pour ses doigts invasifs ? Que se passerait-il si je devenais une furie et que je lui hurlais l'agression qui me pénètre sans considération ?

Je fais silence.

Je sais bien qu'on n'y peut rien, les femmes le disent que c'est comme ça, pas autrement, que ce n'est pas bien grave, obligatoire, « *c'est le côté emmerdant mais tu vas voir, après tu vas entendre le cœur battre dans la machine, c'est merveilleux, juste après les doigts dans le vagin et la pression sur ton col, tu vas voir, juste après tes gémissements, ta douleur, tes yeux suppliants pendant qu'il évalue la souplesse de ton col en regardant le mur derrière toi, après ta main autour de son poignet pour l'empêcher de. Juste après, après après, il introduira une sonde vaginale dans ton corps et tu verras ton bébé. Et tu entendras un cœur. C'est merveilleux.* »

Alors chut.

Je force le silence en mordant au sang ma lèvre inférieure. Je tais les gémissements incontrôlables en gesticulant des orteils et des fesses. Mon corps se meut malgré mes efforts parce que c'est douloureux, ces doigts qui forcent mon intimité en regardant le mur. C'est douloureux d'être juste un organe génital avec un embryon dedans. Mais chut. Silence.

« *Détendez-vous mademoiselle, sinon je ne vais pas y arriver.* »

Alors je me confonds en excuses, « *désolée, mais ça me fait mal* », mais lui rétorque que si je me détendais un peu, je serais moins serrée, plus *offerte*, non, pardon, il n'a pas dit *offerte*, il a dit *ouverte*. J'ai mal entendu, sourde fillette.

J'ai la gorge obstruée de larmes avortées. Je me demande pourquoi c'est si dur. Je me demande si je suis normale. Je me demande pourquoi j'ai tant de mal à détendre ce vagin inéducable quand on me le demande, pourquoi je n'y arrive pas, quel est mon problème. Ai-je subi un traumatisme oublié ? Parfois, j'y pense, à la possibilité du corps violenté, égaré dans l'amnésie de la petite fille aux genoux déformés. Ce n'est pas normal d'être si sèche. Si fermée. Résistante à la main de l'homme en blouse blanche.

*Il bouge dedans. Il nage.*

Sur l'écran noir, j'ai aperçu le presque corps gesticulant avant de l'entendre de tout son cœur battant, moment emblématique qui fera un souvenir à offrir aux amateurs de clichés ordinaires. Je ramasse ma culotte laissée au sol et replace ma jupe comme si je retrouvais ma dignité. Du lubrifiant coule sur mes cuisses mais ce n'est pas grave, ici ne compte que la nostalgie à fabriquer pour inventer le futur. Il n'y aura pas de lubrifiant dégoulinant dans les souvenirs à raconter.

Le vieil homme a retiré ses gants, les a jetés au-dessus d'un tas d'autres gants usagés puis est parti dans l'autre pièce sans un mot. Il est dans son bureau maintenant, signe des papiers, remplit des cases, l'indifférence et la lassitude au corps. La mine éclairée par le halo lumineux de son ordinateur, il me montre du doigt le dossier cartonné parce qu'aujourd'hui, j'y ai droit, à cette boîte bleue et rose poussiéreuse saturée de documents utiles. Des documents pour prendre des rendez-vous, plein de rendez-vous, contrôler mon état de santé, vérifier que mon col est bien fermé, mon utérus bien accueillant et mon corps performant. Des rendez-vous pour réaliser des prises de sang, ingurgiter des sirops ultra-sucrés et mesurer le taux de glucose présent dans mon corps, effectuer des échographies, bavarder avec une sage-femme, échanger avec d'autres femmes enceintes. Il y a aussi des documents pédagogiques aux couleurs pastel qui enseignent l'hygiène alimentaire à l'aide de données très précises sur les aliments autorisés et fortement déconseillés, le nombre de litres d'eau à boire par jour, le nombre de litres de vin à ne pas boire du tout, le nombre de minutes à consacrer à la marche, les sports à pratiquer ou non, les méthodes de gestion de la fatigue. Et puis comment s'entretenir, comment se maintenir dans la norme pondérale en vigueur, comment s'habiller, comment baiser, gérer toutes ces hormones hystériques, être heureuse malgré tout. Comment être. Une femme enceinte convenable. Merveilleuse boîte que je languissais d'avoir entre mes mains depuis tant de mois, elle est là à présent, posée sur mes genoux. Enfin. Et même si mes cuisses sont visqueuses et mon vagin irrité irritable, je suis excitée de ces mille choses à faire.

Je suis une femme enceinte.

Même si je ne comprends plus rien à ce mot.

Je suis enceinte.

Convenable.

*AU TOUT À FAIT DÉBUT, quand on s'est rencontrés, on a pris le soleil dans la tronche en riant nonchalamment pour faire comme si nous ne savions pas que nous allions baiser. Mais en réalité, nous n'avons pas baisé et, ça, nous ne nous y attendions pas. Tous les deux, nous étions sûrs que ça servait à ça, les rires avec la tête en arrière et les conversations avec les mains baladeuses. On se disait tous les deux qu'on feignait de ne pas comprendre l'envie le manque le désir ardent et qu'on allait s'étreindre proprement très vite, pour en finir avec cette odeur de sexe qui empêchait de penser.*

*Puis on a fini par manger des sandwiches, de la chantilly, des fraises avec les doigts, comme ces sales gosses qui font exprès de sauter dans les flaques parce que les adultes n'ont rien compris au bonheur d'être dingue. On a fini par se chuchoter des mots et frissonner sans faire exprès sous la moiteur de nos murmures. On a fini par se donner rendez-vous à des heures déraisonnables pour marcher dans la ville et discourir sans s'arrêter de tout ce rien qui faisait de nous des invincibles.*

*C'est peut-être pour ça qu'on est tombés amoureux.*

*On a mis des mois à baiser comme il se doit.*

*Et puis on l'a fait fort et puissant. Dans la sueur et la douleur.*

*Avec du soleil sur la tronche et des larmes sur nos sexes.*

*Loin.*

Il est aisé d'être une femme convenable, obéissante, avec ce sentiment de flottement qui me saisit depuis que je suis enceinte. En état de béatitude, je suis devenue chose impossible à renverser, avec la sensation grisante de virevolter parmi les vivants, invincible dans le brouhaha de l'urbanité.

Dans l'intimité, j'égrène le temps en photographiant ce bout de moi, comme la parcelle d'une vie recommencée. Ventre nombril bourrelet peau ventre. J'y promène mes doigts impatients en me demandant si. Tout ça ne va pas mourir. Est-ce que. L'épiderme infini va-t-il s'étirer pour faire de moi une femme – enceinte convenable – jusqu'à l'avènement de la mère ? Je vis l'attente comme une exaltation arrêtée, un souffle suspendu pour que se révèle quelque chose, n'importe quoi qui atteste que je ne suis pas égarée dans le fantasme de mon corps engrossé et que ce qui vit là ne s'arrêtera pas.

Ma docilité n'a d'égal que mon égocentrisme décomplexé. J'obéis à leurs règles parce que je me plie aux miennes d'abord, celles qui font de mon abdomen l'unique merveille de ce monde au présent. Je me nourris de canard aux olives quand les matins se lèvent et je jouis bruyamment quand les journées se taisent, alors ils peuvent bien faire ce qu'ils veulent de ce corps en état de procréation, ils peuvent bien analyser des poches entières de mon sang prélevé, mesurer mon état de santé avec tout un tas d'appareils performants, introduire des doigts dans mon vagin avare pendant que je gigote comme un poulet encore vivant, ils peuvent bien me laisser là avec du lubrifiant au bord des lèvres et la culotte aux chevilles, je suis enceinte. Je me sens femme libre. Je me sens femme célébrée.

Et j'attends, perturbant le temps qui passe de projections connues par cœur : caresser des rondeurs précoces, offrir des vêtements miniatures à l'attente capricieuse, sourire franc en sortant des boutiques spécialisées, annoncer au monde entier la promesse de ma vie réussie, admirer l'opulence de mes seins épanouis ou la brillance de mes cheveux, me voir proposer une place assise dans l'autobus, n'avoir dans la tête que le motif d'une couverture de naissance à tricoter. Je guette la transformation, tournée vers ce ventre si vivant. Si impassible. Mon ventre, mon étrange étranger.

Prêtée au jeu de l'attente sous surveillance, j'obéis. Je suis la femme du cliché qu'ils fabriquent. Je suis le pion volontaire d'un jeu dont le monde entier connaît l'issue.

J'effectue des prises de sang, plein de prises de sang, j'organise et planifie des rendez-vous, je me rends aux cabinets d'échographie, j'écarte les jambes et remonte ma culotte, essuie mes cuisses et rabats la manche de mon pull-over, je n'omets pas les *« merci au revoir à bientôt pour le prochain examen, je suis tellement heureuse »*, je signe des formulaires, cachette des enveloppes, je préviens la terre entière, surtout la CAF et la Sécu, c'est important. Et la bonne nouvelle, c'est que tout va bien. Tout est sous contrôle. Le têtard qui ondule à l'abri de mon utérus revêt toutes les caractéristiques que les spécialistes jugent acceptables pour être un humain viable, moi je manque un peu de vigueur, mais « *prenez ce complément alimentaire mademoiselle,* c'est important. *Il n'y a pas de risque de trisomie,* c'est important. *Et lavez bien les légumes avant de les manger* », c'est important.

*Ce n'était vraiment pas prévu d'avoir le cœur qui bat si vite et le ventre qui fait si mal. Ce n'était vraiment pas prévu qu'on ne baise pas alors que s'éveillait cette exquise douleur dans le corps le cœur le ventre la tête les ongles l'épiderme les poils. Ce jour-là, nous n'avions encore jamais uni nos corps, mais il a glissé ses mains sous mon tricot en coton, c'était tellement interdit, tellement voyeur et tellement exhibitionniste que je m'étais délectée de sa seule caresse, le souffle interrompu par la promesse du plaisir à venir. J'avais frôlé la jouissance, d'être simplement effleurée de ses doigts. Dans son oreille, j'avais soufflé « oui », un « oui » chaud et libérateur alors il avait appuyé son étreinte, pinçant, tirant plus fort. J'avais dit « encore », éprouvant les palpitations sous le tissu de ma culotte et cette envie de devenir une furie. J'avais durci sous ses mains habiles et exigé dans un soupir qu'il aille encore plus loin parce que la fièvre amoureuse, comme la colère, décuple les forces, accroît les possibles. Je pouvais tout encaisser, brûler de douleur en le suppliant de m'en donner encore.*

*Autour de nous, des voix, des mouvements, des voilages légers dissimulaient à peine notre amour interdit. « J'ai envie de pleurer », avait-il haleté doucement dans le creux de mon oreille ; ce souffle, un délice, parce que ses mots, sa voix toujours, dans toute ma vie, me poursuivrait, me calmerait, me connecterait. Parce que jamais il ne me serait possible de vivre pareil état de complétude. Parce que jamais, il ne me serait possible de jouir d'autant de honte et de puissance emmêlées.*

*Puis c'était l'heure. L'heure de quitter cette vie étrange interdite brûlante. Brutalement, plisser les yeux sous la lumière du jour, courir et conserver sa place parmi les vivants pressés, rentrer chez soi, dans son vrai chez-soi. Dans son chez-soi familial et officiel. Se coucher le soir avec des rêves à crever de plaisir et des pensées à mourir de chagrin, à côté de celui qui trouvait que mes envies avaient pris une tournure inquiétante. À côté de celui qui ne comprenait plus mon corps généreux, amoureux, offert ; il disait toujours que j'avais trop souffert dans mon enfance lointaine, et même si je lui rétorquais « on a tous souffert de quelque chose », il maintenait mordicus que mes appels incessants à la corde sur ma peau, c'était juste à cause de ma mère qui aimait taper avec le ceinturon de son pantalon pour me faire obéir.*

« VOUS ÊTES HYPERTONIQUE, *mademoiselle.* »

Je manquais de vigueur, j'ai pris des vitamines, peut-être qu'il y en avait trop, peut-être que c'est à cause de ça ; maintenant je suis dans une forme olympique. Un peu trop, c'est ça ? Je suis hypertonique, en psychiatrie ils disent que c'est hypomaniaque, mais on peut dire hypertonique, d'accord, de toute façon la psychiatrie est une médecine controversée, tout le monde le sait. Et dites, docteur, est-ce que le bébé va bien, est-ce qu'il va mourir ou est-ce qu'il dort avec ses demi-doigts dans la bouche, est-ce que je vais perdre du sang, est-ce que je dois dormir pendant des heures, est-ce que ça recommence la folie dans ma tête, est-ce que je suis toujours enceinte, est-ce que je dois prendre des médicaments ? Est-ce que. Est-ce que. Docteur.

*« Votre utérus se contracte facilement. Ça peut être bénin mais ça peut aussi raccourcir le col, auquel cas il faudra rester couchée, mademoiselle. Parce que si le col se raccourcit, ça fait une MAP et vous devrez rester alitée jusqu'à la fin de votre grossesse. Ne vous inquiétez pas, ce n'est pas à proprement parler inquiétant,*

*je vais mesurer votre col et on avisera. Ah oui, votre ventre est effectivement bien dur. »*

Il palpe mon abdomen dont les courbes rebondies me rendaient encore si fière il y a quelques minutes. *Est-ce que je vais perdre mon bébé ?* Enfile une sorte de préservatif géant sur la sonde vaginale et l'introduit dans mon vagin après l'avoir généreusement lubrifié. *Est-ce que je ne serai jamais une mère ?* Articule des mots bien rangés.

*« Trente-huit centimètres, ce n'est pas beaucoup, mademoiselle. Allez, je vous arrête pour quinze jours, vous restez couchée deux heures le matin, deux heures l'après-midi, et vous ne faites pas d'extravagance. Vous pouvez avoir des relations sexuelles, mais sachez que les orgasmes provoquent des contractions, et les contractions raccourcissent le col. Ne vous inquiétez pas, tout va rentrer dans l'ordre si vous suivez bien mes conseils. Allez, rhabillez-vous, je prépare la feuille de soins. »*

Tourne les talons et rejoint son bureau.

Sur le chemin du retour, je suis abrutie anéantie, piétinant entre inquiétude et sidération. Comme arrêtée. Mise sur pause. Le sourire transformé en rictus immobile.

Tout à coup, j'ai la sensation que mon ventre pèse lourd, je gravis difficilement les marches de l'escalier, je me cramponne à la rampe, essoufflée. Parvenue dans le connu du salon familial et ne sachant que faire de ce corps impotent, je m'assieds par terre et déplie l'ordonnance.

« MAP : Menace d'Accouchement Prématuré »

Je regarde devant moi l'invisible qu'on invente quand il y a une stupeur à encaisser. Et j'attends. Que ce bébé se calme et que mon ventre se détende.

Pourquoi c'est si dur, dans mon corps ? C'est quoi mon problème bordel ?

La bedaine insolente, je consacre mes journées à contempler, caresser, prendre en photo ma silhouette avachie, converser avec ce presque nourrisson. Mon ventre a grossi, parfois il s'étire, je sens bien qu'il y a quelqu'un de vraiment vivant dedans, c'est agréable de le sentir se mouvoir, déplier un membre, pousser, s'alanguir.

Même s'il faut l'aider à ne pas mourir.

J'ai peur et, à la fois, je me sens bien avec ce corps rempli d'un autre.

Immobilisme. Silence.

L'immobilisme et le silence des journées d'ennui, ça fait toujours le même effet à mon corps en apnée, comme une sorte de désir irrépressible. Impossible à refréner, un appel insatiable à la jouissance. Un appel venu de l'inutile. Un besoin jamais assouvi, jamais comblé tout à fait, sorte de gouffre sans fond qui m'appelle irrésistiblement. Parce que du néant naît le désir. De la vacuité naît l'envie.

D'aussi loin que je me souvienne, il en a toujours été ainsi. Petite fille, déjà, je me débattais sans cesse avec l'inertie, pesante et angoissante. Dans le vide et le silence, j'éprouvais, précoce, les sensations grisantes d'un lien charnel à moi-même et je me demandais jusqu'où ça pouvait. Vibrer.

Très loin dans mes souvenirs, il y a une sorte de vieux cliché imprimé, relique d'un temps qui semble avoir appartenu à d'autres. Petite fille aux cuisses maigrichonnes et à la démarche fragile, vêtue d'un maillot rose, je claudiquais sur des galets ombragés pendant qu'hommes et femmes de la famille rendaient hommage à la sieste dominicale. La rivière berçait les endormis pendant que le soleil se mêlait à une brise salvatrice, faisant de cet instant une sorte de tableau idéal à placer dans les livres pour enfants.

La suite de l'histoire, en revanche, serait à censurer.

Dans le silence, la mise sur pause de la vie à toute allure, l'absence de regards qui justifient d'être quelqu'un, il y a eu la brise sans prévenir. Il y a eu l'ennui sur ma jeunesse curieuse. Il y a eu. Une sorte de frisson irrésistible, quelques grains de peau hérissés en chair de poule incontrôlable. Il y a eu. Le désir logique de l'affranchissement de ce qui battait en moi. J'ai retiré le haut de mon maillot, feignant de bronzer avec paresse sous le soleil de cet été généreux.

Mon corps est devenu érogène, sans mots pour le dire, juste quelques fourmillements dans le bas-ventre pas encore refréné par la morale. Il y a eu. La naissance d'un désir pas encore censuré par l'apprentissage des codes de mon espèce. Femelle.

Moiteur et vent, savant mélange des éléments sur les fragments épidermiques de mon corps jamais dévoilé, m'ont amenée à enrouler le bas de mon maillot de bain jusqu'à la naissance de mon aine imberbe, jusqu'à la honte insupportable d'être prise en flagrant délit par un adulte. Jusqu'à une sorte de limite que toute une vie me permettrait d'expérimenter.

J'éprouvais ces sensations nouvelles, sûre d'avoir découvert en cet infime instant un savoir mystérieux appartenant à l'âge adulte, mais je ne pouvais rien en dire. Je ne connaissais pas de mot pour décrire ce qui sourdait en moi. Incapable de nommer ce délicieux mélange d'interdit et de griserie, je ressentais juste la soif d'en savoir plus.

En l'absence de mots, l'exploration fut salutaire.

Il m'arrivait aussi, quand nous sortions en famille, de retirer ma culotte, laissant à mes pensées la joie de divaguer sous l'effet du frottement régulier de mon sexe contre mon pantalon. J'avais la sensation de mon cœur sous mes tempes, tant la peur d'être découverte était intense. Très vite, sans mots ni exemples, j'ai réalisé que mes doigts vagabonds pouvaient accroître mon plaisir jusqu'à me donner l'impression de mourir. Alors j'ai continué toujours en cherchant jusqu'où on pouvait. Jusqu'où ça pouvait. Jouir.

Le silence et l'absence ont toujours le même effet sur mon corps qui manque. La jouissance est peut-être le seul moyen que j'ai trouvé pour échapper à l'oubli. Alors, même si l'homme en blouse blanche a fustigé les orgasmes, je ne fais que jouir tous les jours, désobéissante entêtée, de ce désir qui n'en finit pas de me piéger. Il a raison, lorsque les secousses d'un orgasme déferlent sur mes chairs humides, mon ventre durcit quelques secondes, c'est très désagréable. À chaque fois, j'envisage le rétrécissement dramatique et progressif de mon col et je m'en veux, petite obstinée qui voudrait toujours atteindre la félicité sans penser aux autres, même pas à ce bébé qui n'est pas encore prêt à naître. Alors, chaque fois, je jure *croix de bois croix de fer, si je mens je vais en enfer,* que c'est mon dernier orgasme avant la vraie vie, que je ne jouirai plus pour être une bonne mère (« *il faut penser au bébé, mademoiselle* »), je jouirai plus tard, après le bébé, après la naissance, après l'épisiotomie, après tout ça.

Si je le peux encore.

Pour tenter ainsi d'égayer mes journées avec autre chose que des caprices coupables, je surfe sur internet. Beaucoup. Je lis des articles sur la grossesse, me renseigne sur le poids du bébé, sa taille, le nombre de ses doigts, la taille de sa nuque, la formation de ses neurones, l'apparence de son corps, la fréquence des battements de son cœur, ses occupations de la journée, j'étudie ce qu'il faut manger, ce qu'il faut dire, ce qu'il faut acheter, la hauteur de mon utérus, les signes précurseurs de l'infection urinaire et la consistance de mes glaires cervicales. Je suis enceinte de quatre mois et je sais absolument tout ce qui se passe en moi et dans le corps de ce bébé.

QUATRE MOIS DE GROSSESSE. Quatre mois que se produit en moi le dessein d'un miracle ordinaire. Quatre mois que je suis devenue corps habité, suspendue dans l'attente incertaine d'une vie à venir. Dans approximativement cent cinquante jours, je serai transformée en corps déshabité devenu mère. C'est assez vertigineux, cette confusion entre la conscience de l'impossible retour et la joie immense des utopies au présent.

Désormais, je voudrais tout savoir. Devenir maître de ce jeu qui, jusque-là, m'a fait pion à déplacer de case en case. Je m'en accommodais, mue par une volonté de simplification, confortée dans l'idée que les soignants savaient bien mieux que moi les détails de mon corps en gestation. Je voulais me contenter des clichés à inventer, laissant le soin aux professionnels de s'employer à l'exécution des détails techniques, fussent-ils scabreux et insolubles dans mon imaginaire. Dans les émissions de télévision, les femmes n'avaient qu'à pousser quand on leur ordonnait et verser une larme ou deux quand un nourrisson à la peau douce atterrissait sur leur poitrine, encouragées de « *Félicitations* » joviales venant de tous côtés. Et s'il y avait un problème, elles n'avaient qu'à obéir sagement aux indications médicales, tout irait bien. À la fin, *« c'est que du bonheur »*, disaient-elles toutes.

*C'est que du bonheur* quand ils ont terminé de. Alors pourquoi s'encombrer d'un savoir inutile ? Eux savent et c'est très bien comme ça, me disais-je.

Mais aujourd'hui, j'ai peur.

J'ai peur des horreurs entendues et sues de toutes ces femmes qui sont mortes en donnant naissance mais qui disent quand même *« c'est que du bonheur »*. J'ai peur de tout ce qu'il y aura à obéir, apprendre par cœur, appliquer à la lettre pour devenir une mère convenable : *« poussez inspirez soufflez ! »* Comment vais-je réussir à tenir tout cela en étau dans ma tête quand je serai un corps couché à la vulve écarlate ?

J'ai si peur.

J'ai peur de mon corps à élargir parce qu'il est si froid, si sec, si résistant, incapable d'accueillir sans ciller les mains savantes et envahissantes. J'ai peur de ne pas surmonter l'épreuve d'une tête de dix centimètres avec ce vagin rétracté pour deux doigts en latex de rien du tout.

J'ai peur.

J'ai bien pensé à leur proposer d'extraire directement le bébé de mon ventre étiré pendant que je bavarde avec une sage-femme derrière un drap bleu, j'ai bien pensé à ne jamais faire d'enfant pour ne pas mourir d'être une mère, mais tout ça, finalement, c'est annulé. La césarienne entraîne une douleur intolérable pendant des semaines, j'ai lu de folles atrocités sur cette pratique, à présent je suis effrayée par l'idée qu'on me mutile le ventre avec un scalpel si je continue de jouir tous les jours sous mes doigts capricieux. Et j'ai peur. J'ai peur.

Alors je lis, je voudrais tout savoir, absolument tout connaître pour me préparer, immobile et inquiétée par la vacuité de mon état. Je voudrais tout maîtriser pour que la naissance à venir soit pareille à celle des émissions de télévision, une merveille à raconter à ceux qui attendront derrière la porte, une promesse de bonheur à souffler à toutes les femmes.

Col dilaté, contractions, poussée, cordon ombilical, péridurale, stades. Douleur. Centimètres, Syntocinon®, sacrum, toucher vaginal, colostrum. Douleur. Membranes, poche des eaux, vomi, périnée, déchirures, épisiotomie. Douleur. Placenta, délivrance, bassin, nullipare, bouchon muqueux, prétravail, monitoring, diarrhée. Douleur. Douleur. Douleur. Douleur.

Je suis enceinte de quatre mois et je sais absolument toutes les peurs de la naissance à venir.

*Ce n'était pas du tout prévu qu'on s'aime pour de vrai, parce qu'il fallait baiser. D'urgence. S'empresser de faire avant d'oublier.*

*Avec lui, je n'avais pas peur. Parce qu'il était mon plaisir inversé, je ne craignais pas d'en devenir l'amoureuse éperdue qui existe encore quand il y a le silence. Les mots qu'on ne dit plus. Les rites d'un amour suranné. Il était une sorte d'exception de ce qui me faisait bander, la version en négatif de ce qui me faisait vibrer. Alors je le pensais sans risque pour mon cœur qui ne voulait aimer que dans le geste furtif de la jouissance.*

*D'ordinaire, j'aimais être possédée par des femmes ou des vieux. Parce que des femmes, j'adulais les courbes pleines, et des vieux, je me satisfaisais des relations sans lendemain qui ne se gâchaient pas de l'arrogance de leur verge dans mon vagin. La maturité sexuelle, si elle n'est pas un gage de performance, garantit une sorte de simplicité relationnelle. On peut baiser un jour, vouloir baiser une autre fois et puis encore une fois, les vieux ne s'effraient pas de se faire épouser. Ils baisent et ne font pas d'histoires.*

*Lui était à l'interface de mon ordinaire. L'apparence d'un homme jeune, ressemblant à s'y méprendre aux autres corps détestés, tous ces corps d'hommes autour des sexes bandés. Tous ces hommes qui me salissaient de leur exigence à être lisse et rasée, sans fluides ni odeurs, corps glabre pareil à ceux du cinéma pornographique. Corps glabre pareil à ceux des petites filles vierges qui n'ont pas encore grandi.*

*Il leur ressemblait, à tous ces hommes jeunes, mauvais d'être occupés à chercher la performance attendue de leur sexe, alors c'est un peu pour ça que nous devions le faire d'urgence. Nous chevaucher d'urgence, pour conjurer l'égocentrisme exacerbé de notre génération plastique.*

*De lui, en fait, peu m'importait l'allure ou la pilosité, la jeunesse ou l'intention. Nous devions tomber ensemble jusqu'à l'unique possibilité d'obéir à l'insensé. Il n'y avait rien à dire de plus. Son identité s'est réduite à sa bouche sur ma peau en sueur, la mienne à mes lèvres de lui insatiables, et c'est peut-être pour ça qu'on s'est aimés sans faire exprès. Pour ça que je l'ai aimé sans concessions.*

## 2

# Silence sous ingérence

CE MATIN. Je suis plongée dans l'ennui de mon ventre hypertonique et de mes envies paralysées. Mise à l'épreuve de *l'insoutenable légèreté de l'être.*

Ce matin.

Ventre en érection. Pensées en tourbillon dans ma tête.

C'est qu'hier, j'ai eu mal, de ce mal qui me pétrifie quand le monde est douleur. Hier, il y a eu l'horreur ordinaire lâchée à la tronche de ma torpeur égoïste. Sur le quai du métro, une femme aux épaules saillantes s'est approchée de la fosse en titubant et s'est laissée tomber. Au cœur de la sidération collective, une main anonyme a actionné la poignée de sécurité, et le train en marche s'est arrêté, à quelques centimètres de celle qui était prête à mourir pour de vrai. Les corps affables se sont bousculés, naviguant entre curiosité et héroïsme, et moi, j'étais là, inerte, incapable. Impossible. Bulle éclatée par la douleur du monde et d'une femme qui n'avait même pas peur de mourir. Que pouvait-elle vivre présentement qui soit si insupportable ? Si difficile qu'elle ne vaille plus la peine d'exister pour de vrai ?

Que va-t-elle faire, à présent, d'avoir été sauvée ? Est-ce qu'elle va recommencer, demain ? Est-ce qu'elle va s'accommoder d'une vie sans saveur ? Est-ce qu'elle pleurera le mépris d'être devenue *« un incident de personne »* dans les haut-parleurs anonymes d'un couloir de métro ? Nous, nous raconterons notre émotion à nos proches en rentrant le soir et puis, demain, et tous les autres *demain* du monde, nous l'oublierons pour ne pas mourir de douleur. Peut-être que d'autres, arrivés en retard au travail, diront à leurs collègues : *« Encore un qui s'est suicidé à l'heure où je prends le métro. Il n'aurait pas pu faire ça chez lui, sérieux ? »*

Moi aussi, je suis arrivée en retard à mon rendez-vous, incapable d'en expliquer la raison véritable à la secrétaire médicale. Pouvais-je lui dire qu'il y a des morts plus urgentes que les vies à fabriquer ? Pouvais-je lui avouer la douleur insoutenable de la femme encore vivante ? Le médecin a accepté de me glisser entre deux autres rendez-vous et c'est comme ça, aux interstices d'une temporalité qui se voudrait sans failles, que j'ai su qu'elle était petite fille dans mes muqueuses transformées.

Ce matin.

Je me demande où elle se trouve, la dame qui voulait mourir sous le métro. Je me demande si elle pleure l'échec de sa mort planifiée. L'erreur de sa vie commencée. Je me demande si ses parents étaient heureux quand elle est née, si sa mère a caressé son ventre en projetant le merveilleux. S'il y a eu des éclats de rire et des baisers bruyants avant la mort qui ne voulait jamais venir. Errance de pensées vagabondes qui m'étreignent douloureusement.

Ce matin.

*« L'inertie n'a-t-elle donc comme subterfuge que la jouissance ou l'horreur ? »* suis-je en train de me demander lorsque quelque chose roule sous mes doigts, une forme ronde sous l'épiderme délicat de mon abdomen, me donnant l'impression que sa membrane va céder. Je sursaute et cesse de respirer quelques secondes. Quelque chose – quelque chose de vivant – roule et se déplie jusqu'à mes doigts, suit ma main sur le côté, puis au milieu. Je me redresse, abasourdie, prenant tout à coup conscience de ce qui vit là, de l'autre côté de moi, une créature véritable, chose infime transformée en hominidé dont l'avenir devient tangible.

Un bébé devenu Elle.

Elle, se transforme. Elle, me transforme. Elle fait de moi une femme mère. Elle me fabrique corps merveilleux. Elle a besoin de moi comme j'ai besoin d'elle. Elle naîtra seulement lorsque je naîtrais d'être sa mère. Je n'ai rien à faire sinon être là, exister, respirer. Ne pas mourir.

Mes seins ont doublé de volume, mon ventre s'est arrondi, alors, avec ce corps habité, j'ai soudain le sentiment d'être invincible. Forte. Puissante. Je comprends tout à coup que mon état d'immobilité est en train de générer un être humain avec des oreilles et un nombril, des neurones et des poils, ou peut-être bien que c'est elle qui s'engendre toute seule, peut-être que c'est elle l'invincible qui m'aidera à ne pas disparaître.

Je n'ai qu'à exister et c'est vertigineux, face à tout ce que j'ai voulu mourir autrefois, les bras mutilés et le danger apprivoisé. C'est vertigineux, mon existence devenue indispensable.

Je suis subjuguée par cette certitude qui s'inscrit durablement dans mes sensations. Depuis qu'elle est devenue « Elle », un visage dans mes rêves, je sais que je peux avoir confiance en nous, sinon comment aurions-nous pu arriver jusque-là. Me vient alors l'exigence de croire que la vie doit triompher. Elle et moi, nous sommes les plus fortes du monde. Avec lui aussi bien sûr, qui a le pouvoir d'être en nous et hors de nous à la fois. Mais lui n'a pas les mamelons gonflés d'amour ni la peau transparente, alors il ne peut pas comprendre le pouvoir de devenir quelqu'un sans rien avoir à faire.

C'ÉTAIT UN JOUR EN ROUGE, *avec du sang en crue entre mes jambes, la douleur connue par cœur des entrailles remuées. À ce propos, ma grand-mère disait toujours : « Les Allemands sont là », trop pudique pour évoquer le sang et ses caillots avec les mots véritables, plus prompte à expliquer la guerre que les mystères de la féminité. Et c'est vrai que, chaque mois, c'est comme la guerre et les tranchées dans ma culotte, comme si mon utérus éructait son échec d'être non fécondé, ça dure des jours et des jours, cette impression de mourir dans la gravité de mon sexe sanguinolent. Cette colère de n'être pas un homme, pas seulement pour la sensation jouissive d'avoir une verge qui enfle entre les jambes, surtout parce que. L'intolérable douleur de l'espèce. Femelle.*

*C'était un jour en rouge, mais il y avait du soleil sur le ponton et nous étions corps frivoles dans l'insolence de nos premiers jours amoureux. C'est peut-être mon imagination qui me jouait des tours, ou la tentation délicieuse du chavirement qui me prenait tout à coup, mais j'en avais la sensation féroce : ça tanguait sous les caresses. Ça tanguait sous les battements saccadés.*

*Délicieusement soumise, je pouvais presque jouir de sa main désinvolte sur mes fesses impétueuses. Lui aurait voulu me posséder de cette queue inutile tendue vers le ciel. Il haletait et suppliait : « C'est pas grave, enlève ta culotte, on nettoiera après, je me fiche du sang, tu m'excites, je veux te prendre, allez, s'il te plaît, laisse-moi venir en toi, laisse-moi te sentir, je t'en prie », mais je refusais son appétence parce que, même si j'aimais ça, de voyager fort et loin avec lui, c'était la guerre entre mes jambes. C'était la mort de mon ovule inféconde et, dans la guerre, il y a des combats non négociables, même quand le désir et le sang s'emmêlent et se mélangent. Et puis dieu que c'était bon, sa main cuisante sur mes fesses. Jusqu'à ce jour, je ne savais pas qu'il était possible de m'enivrer si fort sans verge à convoiter. Je ne savais pas que je pouvais m'exalter si vite, sans être emplie d'un autre.*

*Non loin de nous, je percevais les pas indolents des passants, des voyageurs affairés à collecter des souvenirs dans leur appareil photo plutôt qu'à regarder avec les yeux l'invisible du voyage. Je les imaginais très bien, ces touristes des temps modernes, scrutant la vie à travers le filtre de leur téléphone, comme s'il fallait prouver qu'ils y étaient vraiment, de ce côté-là du monde. Mais peu importe, l'idée de pouvoir être surprise dans une telle position, le visage dans l'oreiller et les fesses déshabillées, produisait une sorte de vertige palpable, une série de soubresauts involontaires qui m'approchaient douloureusement de la jouissance. Même si j'étais couchée sur le ventre, la culotte aux genoux et les fesses rougies à la merci des regards voyageurs, c'est moi qui avais le pouvoir de lui dire « encore, vas-y, plus fort », et je me pâmais d'une telle contradiction.*

*Et lui, porté par le désir de faire quelque chose de son sexe à l'étroit, me rendait si dingue que j'étais forcée d'étouffer mon plaisir dans l'oreiller pour ne pas lui dire « je t'aime putain je t'aime ».*

D'UN TON JOVIAL, elle s'égosille à mes oreilles, écrasant sans concessions la musique qui se voudrait assourdissante : *« J'ai accouché sans péridurale. Debout ! J'ai eu la chance d'être soutenue par une sage-femme qui avait exercé en Afrique et elle m'a vraiment aidée ! J'ai cru mourir quand elle et mon mec m'ont portée, chacun d'un côté, et que le bébé est sorti, mais je ne regrette rien. Si c'était à refaire, je le referais sans hésiter. »*

Mais qu'est-ce qu'elle raconte, cette fille dingue dans la musique ? Sans doute est-elle trop ivre. Ou moi suis-je trop sobre. Peut-être que la musique est trop forte et moi trop sourde, je n'entends rien de sa logorrhée furieuse. Peut-être est-elle démente et n'a-t-elle que des mots insensés à sortir de sa bouche, elle n'y peut rien, ce sont des mots qui se vomissent, des mots qui se fabriquent seuls.

Mais qu'est-ce qu'elle raconte, cette fille dingue ?

Pourquoi a-t-elle fait ça ? Pourquoi revendique-t-elle un temps révolu alors que la modernité a libéré la femme de la douleur d'enfanter ? Pourquoi me raconte-t-elle tout cela alors que nous dansons comme des fous d'être jeunes et vivants, dans l'insouciance des corps qui s'aiment et font l'amour, enfantent et deviennent des hommes et des femmes différents, des enfants saouls d'allégresse ?

Pourquoi me fait-elle cette confession alors que la musique s'incarne en moi, confond mes sensations ? Pourquoi, alors que mon corps, alors que ce corps, alors que je n'ai plus peur, que je suis là, maintenant, avec eux. Alors que je ris.

Pourquoi a-t-elle été vaincue par la douleur ? Je ne comprends pas, je ne peux pas comprendre. Je ne peux pas admettre l'absurde. Insane vérité, laisse-moi danser avec ce corps en moi et son corps à lui qui me rend fragile, m'émeut de désir, laisse-moi jouir avec dans la peau cette abondance de progestérone et l'ignorance de tes idées rétrogrades, laisse-moi célébrer ma chance d'être vivante. Laisse-moi. Laisse-moi. Silence.

Chut.

Je suis femelle en gestation. En état hormonal, fécondée. Ça ressemble à s'y méprendre à une douce défonce, octroyée par une sorte de came gratuite, légale, socialement acceptée, excusant et justifiant toutes les gaucheries. C'est aussi l'amnésie d'un futur obligé, celui de l'exil du nourrisson prêt à vivre. Celui de la vulve dilatée, éructant un nouvel être dans la déchirure d'un corps à souffrir.

En état hormonal, fécondée.

Devenue capable d'oublier l'issue fatale du processus de gestation. Devenue garante du maintien de mon état « enceinte ». C'est une histoire de reproduction de l'espèce humaine, une histoire de propension à vouloir rester vivante, même si les corps des mères doivent tomber en morceaux à la venue de l'enfant.

Je suis au service de la reproduction. Je perpétue la race humaine. Alors je vis l'amnésie de mon corps à venir et pense à ma chance d'être née au vingt et unième siècle et de bénéficier d'une analgésie péridurale qui pourra cultiver l'ignorance de mon bassin rompu. Je pense à la couleur du pyjama qu'il me faudra choisir pour inventer le *kitsch* de sa vie qui commence, je griffonne des listes de choses à acheter, multitudes de choses pour accueillir le minuscule enfant, je rêve à nos premiers instants, ébauchant une vie réussie à l'épreuve de tous les obstacles, je bénis les femmes et surtout les hommes savants d'avoir refusé l'adage religieux qui faisait de nous des corps en souffrance, baignant dans le sang et la terreur, mourant parfois dans les campagnes, un nourrisson entre les jambes. Je mesure la chance de mon époque d'avoir des gants en latex et des machines performantes, capables de mesurer contrôler prévenir, capables de produire des accouchements propres, sans douleur ni cris ni larmes, sans mort ni tragédie, avec des rires et des berceaux, du triomphe et de la joie, des larmes de bonheur. Parce que *c'est que du bonheur*, elles le disent toutes, *c'est que du bonheur*.

*« TOUT S'ENCHAÎNAIT très vite. Je ne cherchais pas à réprimer les contractions. Je me contentais de les accueillir à leur rythme, sachant que cela allait favoriser une naissance rapide. Tout me paraissait parfaitement naturel. Je n'ai fait que "me laisser aller". [...] J'ai été submergée par une contraction plus forte que les autres. Il a fallu que je me lève. [...] Je suis sortie de la salle de bains et j'ai fait ce que j'avais à faire, que ce soit m'accroupir, me pencher en avant, arpenter la pièce, dire "Oh, mon Dieu !" ou sautiller comme une grue. Les contractions devenaient très intenses. »*

Qu'est-ce qu'elle raconte, cette fille dingue sous la musique ? Fille dingue incarnée définitivement dans ma tête et mes pensées, imprimant en moi le doute du voyageur égaré.

*« J'ai commencé à avoir des contractions et à sentir de grandes vagues d'énergie en mouvement. J'ai visualisé mon yoni comme une grande grotte sous-marine balayée par de gigantesques courants déferlants dans un va-et-vient continu. Quand une vague*

*s'engouffrait dans ma grotte, ma contraction grandissait, gonflait et la remplissait jusqu'à atteindre un pic, puis refluait doucement. Je m'abandonnais encore et encore, submergée par ces grandes vagues qui m'engloutissaient. C'était vraiment délicieux – très orgasmique et vivifiant.* »

Mais qu'est-ce qu'elle raconte, cette fille dingue ?

« *Tout se passait dans une ambiance détendue et affectueuse. Ma fille entrait et sortait de la chambre, mais une femme était là pour s'occuper d'elle pendant mon travail. Les contractions étaient fortes et régulières. J'étais entourée de cinq femmes merveilleuses, qui avaient toutes accouché à la maison et savaient ce que je ressentais. Elles m'ont encouragée, massée, amusée et embrassée. J'ai eu le sentiment d'être quelqu'un de précieux en train de donner naissance à un précieux bébé.*

*Quand je suis arrivée à dilatation complète, j'ai eu le souffle coupé et j'ai pensé que je ne pouvais pas continuer. […] Puis j'ai commencé à pousser et j'ai trouvé cette sensation extra. C'était tellement bon. J'ai poussé des gémissements très graves, qui ressemblaient presque aux meuglements d'une vache. […] L'extase de la naissance était vraiment magnifique. Ma fille a glissé hors de moi, toute longiligne et gracieuse – avec ses quatre kilos, sans la moindre déchirure. Toutes, nous avons ri […] et j'éprouvais un sentiment de force et de puissance. Je me disais que si j'avais pu faire ça, je pouvais tout faire.* »

Il est si confortable de rester loin du doute, sur les terrains connus, les chemins balisés, les silences convenus. Il est si confortable de n'avoir qu'à écarter les jambes et obéir aux ordres pour devenir une mère comblée.

« *Penser était effrayant. Ressentir ne l'était pas. [...] Pousser a été une expérience complètement grisante. J'ai adoré. J'ai commencé à pousser des cris incroyablement graves et forts [...]. J'étais extatique quand je l'ai poussé hors de moi. [...] J'ai senti mon corps investi d'une énergie et d'une force de vie incroyables et j'en suis vraiment ressortie plus heureuse, en meilleure santé et avec une plus grande confiance en moi*[1]. »

Et tous ces récits d'autres femmes s'entrechoquent à l'intime intuition de mon féminin inaltérable.

---

1. *Extraits de récits issus de l'ouvrage d'Ina May Gaskin,* Le Guide de la naissance naturelle. Retrouver le pouvoir de son corps, *Paris, Mama Éditions, 2012.*

EXTÉRIEUR JOUR. Ville, folle ville. Klaxons intempestifs.

Immeuble à la façade défraîchie.

Fenêtre. Volets fermés.

Intérieur presque jour. Chambre faiblement éclairée. Je n'ai laissé qu'une bougie dans la pièce pour demeurer paisible, résister aux tentations du dehors polisson, cultiver l'harmonie du corps accompli. Les mains posées sur mon ventre désormais saillant, je me balance d'avant en arrière, bercée par la plainte musicale d'un oudiste tunisien. Des sanglots affluent en vagues impossibles à réprimer et je ne sais dire pourquoi, je ne sais dire comment, je suis corps confondu avec la mélopée tragique. Ce qui grandit en moi ne peut se sonder avec des mots et des pensées, même si nous avons des chiffres courbes pourcentages statistiques grammes prévisions, ce qui vit là est inqualifiable. Nul appareil ne peut quantifier combien je me sens forte entière puissante merveilleuse, combien les larmes, combien les vagues.

Corps si souvent éprouvé est tout à coup devenu solaire. Il n'y a pas si longtemps, il n'y avait que l'épreuve de ma silhouette anguleuse et ma peau transpercée, creusée, mélangée aux corps étrangers pour me faire vivante. Désormais, je suis femme pleine, vivant la turgescence des épidermes comme l'avènement de ma féminité, une sorte de quintessence du sexuel féminin. Je me sens corps érotique, alors que jamais je n'ai pu être vraiment comblée de mon état « femelle ». Alors que toujours, j'ai été : genoux écorchés ; enfant sage ; démarche maladroite ; enfant obéissante ; peau basanée ; fantasmes assassins ; désirs refoulés. Corps encombré encombrant. Alors que toujours, j'ai été à l'inverse d'exister.

Je me sens être une femme même si je ne sais pas ce que tout cela signifie. La féminité avec un vagin et des seins, des robes et des colliers, c'est une invention simpliste au service des verges qui bandent et des êtres humains qui se perpétuent. Je me sens être une femme et peu m'importe de n'y rien comprendre, peut-être qu'au fond personne n'y comprend rien.

*CES NUITS-LÀ, la nuit. Écrasait mes certitudes. Refrain inlassable de ma peur féroce d'être laissée à terre.*

*Je trottais derrière elles, derrière ces femmes mères débordant d'enfants à contenir et de poussettes à diriger, sorte d'armée en jupe, dévouée à la conservation et l'élévation de l'espèce humaine. Corps impossibles à atteindre, colonisés d'un mélange de larmes et de morve d'enfants en bas âge.*

*Je trottais derrière, alors. Mes genoux, désarticulés, s'entrechoquaient douloureusement à mesure de mon pas s'accélérant. Je marchais, marchais, à une vitesse inversement proportionnelle à mes efforts, me lançais dans une course perdue d'avance puisque toutes les femmes, et tous les enfants au bout de leurs bras, continuaient leur progression, impassibles. Loin devant. Et même si je précipitais la cadence, ils avançaient trop vite pour moi.*

*Tout à coup, je trébuchais, haletante, avec la conscience de la malédiction à venir, fatalité connue par cœur du désir des hommes pour les petites filles aux genoux abîmés. Devant le box d'un parking privé, elles m'encerclaient toutes, ces voitures fardées, dissimulant les yeux des hommes à l'intérieur. Je voulais hurler, à défaut de pouvoir courir, « attendez-moi, mamans et tous vos enfants, attendez-moi, je suis là, ne m'oubliez pas, hé ! oh ! je suis là, regardez-moi », mais mon cri était devenu impossible. Ma bouche étouffait de silence. Ma plainte se taisait, écrasée par leurs yeux assassins. Les femmes mères poursuivaient leur marche, femmes sourdes, mères ignorant mon absence, aveugles à mes appels silencieux. J'étais invisible, inaudible. Séquestrée des hommes derrière leur vitre teintée.*

*Ces nuits-là, la nuit. M'enveloppait d'inconsistance.*

*Le silence faisait un vacarme dingue.*

*Ces nuits-là, je me réveillais d'un vagissement avorté, l'angoisse au bord des lèvres et le cœur à toute allure. Et toutes les nuits, la nuit.*

Parfois, j'y pense, à la possibilité du corps violenté, égaré dans l'amnésie de la petite fille aux genoux déformés. Mais je sais désormais que je ne suis dévastée que du traumatisme de l'obéissance aveugle. Je ne suis morte que d'avoir appris le silence et la gentillesse face aux désirs, fussent-ils immenses, des adultes au pouvoir.

Je ne suis pas femme pénétrée quand elle était petite fille. Juste le corps relique d'hommes éreintés d'un désir insatiable, celui de posséder mon corps de petite fille obéissante, laissée sur le carreau avec la peur en bas du ventre.

*J'avais six ans la première fois. Il était vieux et poète pour les petites filles et les petits garçons, disait-il. Sur un banc de l'aire de jeux, il dévoilait ses grands cahiers et me lisait des poésies. Et puis, un jour, il a dit, comme dans les histoires qu'on raconte aux enfants pour leur faire peur : « J'ai plein de poésies dans ma maison. Si tu veux, un jour, tu viendras, d'accord ? »*

*J'avais huit ans. Il m'a demandé de surveiller l'entrée du buisson pour que personne ne le surprenne en train d'uriner. Trouvant le temps long, je me suis retournée. Derrière mes fesses, il agitait sa verge encore flasque. Tubercule d'une pâleur étrange. J'ai détalé. Avec la peur et l'ignorance crasse.*

*J'avais onze ans. Il veut me faire le truc des adultes, me disais-je dans ma tête. Parce que je sentais bien que quelque chose clochait dans sa manière de me regarder, m'approcher, coller son corps au mien. J'avais déjà entendu parler des petites filles qu'on baise pendant qu'elles meurent dans le silence, et il me semblait reconnaître ici l'odeur de l'interdit qu'on voudrait posséder. Il me voulait, petite fille pas encore pénétrée, pas encore piétinée. Petite fille en état « vierge ». Je sentais bien que quelque chose tournait à l'inverse de la raison. Que faisait-il là, me demandais-je, comment justifier la présence de son corps naviguant autour du mien, me donnant l'impression vertigineuse d'être une proie à l'assaut de ses griffes acérées ? Il fallait divertir le prédateur, mais je ne savais comment m'y prendre. Il fallait me sauver pour ne pas mourir. Maman était partie à la hâte, me laissant là, alors que je m'apprêtais à me rendre au collège, me demandant de l'attendre avant de quitter l'appartement. Même si j'avais entendu des choses sur les hommes dans le silence, quand c'est arrivé pour de vrai, je n'avais plus de mots dans la tête, j'étais comme clouée sur place, la bouche sèche. Alors, j'ai compté dans ma tête. J'ai compté jusqu'à huit, détournant silencieusement la tête des baisers qu'il voulait m'imposer. Tout d'un coup, les mots sont revenus, affluant dans mon esprit comme le signe d'une agitation à venir. J'ai crié : « Non ! » Avec le cœur dans les tempes et la honte en pénitence. C'est tout ce que je pouvais dire. Faire. Dévaler les escaliers sans me brosser les dents. Rejoindre le collège. Détaler. Avec la peur et l'ignorance crasse. Peut-être que maman comprendrait pourquoi j'étais partie si vite. Peut-être qu'elle ne m'en voudrait pas, d'avoir désobéi et d'être partie sans elle. C'est qu'il fallait me sauver pour ne pas mourir d'un désir assassin. Peut-être aurait-il disparu, l'homme inconnu qui désirait mon vagin encore vierge et ma tête vide de mots à crier. Mais finalement, non. Il n'a pas disparu, il est devenu l'amant de la mère, et moi je suis rentrée trop tôt du collège. Quand maman est apparue dans le sillon de la porte entrouverte, j'ai perçu une odeur étrange, confusion pas encore connue de sueur foutre désirs. Elle m'a intimé l'ordre d'aller acheter des bonbons et de revenir une heure plus tard, tout en me glissant quelques pièces dans la main avec une connivence que je ne lui connaissais pas. C'est que je n'avais pas l'habitude d'avoir droit aux sucreries des étalages de magasin, alors c'était pratique pour oublier la peur et l'ignorance et l'homme prédateur. Puis, quand je suis rentrée, elle m'a dit : « Ne recommence plus jamais ça, tu m'entends, quand je te dis de rester à la maison, tu restes à la maison. »*

*J'avais douze ans. Il m'a acheté des culottes et m'a demandé de les essayer. Pour être sûr qu'elles étaient à la taille de mon corps inachevé. Pour être sûr de n'être pas dans l'erreur de mes mensurations juvéniles. Maman l'a mis dehors parce qu'elle en avait assez des coups sur la tronche et des ecchymoses, mais aussi parce qu'elle voyait bien que ce n'était pas normal, un homme qui habille le sexe de sa petite fille. Et même, parfois, elle disait : « Je commence à me faire du souci, les hommes ne me regardent plus, ils regardent ma fille, regardez comme elle est belle maintenant. »*

*J'avais quatorze ans. Ils étaient nombreux au pied de l'immeuble à vouloir partager l'illicite que je fumais nonchalamment. Et puis. Mon dos ma tête dans la bousculade contre le mur, une main ferme et énergique sur mon sexe, une autre sur ma bouche, mon cœur au bord de l'explosion, ma peur galvanisée. J'ai détalé.*

*J'avais dix-sept ans. Il voulait vraiment faire l'amour, ce soir-là. Et moi je n'en avais pas envie, la tête remplie de l'amertume d'une soirée de dingueries adolescentes. Mais lui avait du foutre à répandre, appel intarissable au plaisir sans compromis. Peu importait mon absence de désir, j'étais sa compagne. Sa petite amie. Alors il a maintenu mes bras et a forcé l'entrée de mon vagin pour soulager son désir féroce. Il n'y avait plus de mère pour me sauver des hommes, alors j'ai attendu qu'il se termine en moi et je ne me suis jamais endormie, recroquevillée sur le bord du lit en attendant le matin. Et puis j'ai détalé.*

*J'avais vingt et un ans. Il a actionné la fermeture automatique de son véhicule, posé sa main sur ma cuisse et a soufflé dans l'habitacle : « Tu m'appelles au viol. » J'ai pensé qu'il avait peut-être raison, peut-être qu'au fond je transpirais si fort du désir secret de mes nuits solitaires. Peut-être que je n'aurais pas dû, ce soir-là, alors que je gardais sa fille, tapoter insolemment sur Google le mot qui a éveillé son appétit quand il l'a découvert dans l'historique de navigation. Sodomie. Peut-être qu'au fond, c'est ce que je voulais de lui. Son désir de moi offerte à ses supputations d'homme prédateur. Sodomie. Ça lui a donné des idées. Alors, la première fois, il a pris ma main et l'a posée sur son pantalon avec fermeté, me faisant éprouver la teneur de son érection soudaine. Il se fichait que celle qui m'employait, son épouse, soit à l'étage du dessus en train de lire une histoire de princesse à sa fille, petite vierge encore intouchée de la folie des hommes. Il avait juste envie de nicher son sexe dans l'anus étroit de la baby-sitter, c'est sûr qu'elle aimait ça, même si elle disait « non, arrête », c'est sûr que c'était une salope qui n'attendait que ça, sinon pourquoi avait-elle écrit ce mot dans l'ordinateur. Sodomie. Il le percevait en moi, ce vacillement d'un désir prêt à éclore, dissimulé sous la raison et la morale. Alors, quand il a dit ça, dans la voiture, « Tu m'appelles au viol », j'ai crié plein de mots. Lui ai ordonné d'ouvrir la portière. J'ai détalé. Avec la peur de ce qui battait dans mon ventre. Avec la certitude que c'est cela qu'il fallait faire. Courir. Pour ne pas fermer les yeux sous le vertige. Pour ne pas brûler de mon désir d'être baisée par lui.*

*J'avais vingt-deux ans quand je me suis rendue.*

*Je n'avais d'autres choix que de me rendre à ce qui m'appelait. C'était une époque sombre et sale pendant laquelle, plein de jours et plein de nuits, je ne cessais d'user mes doigts sur mes chairs sirupeuses, consommant frénétiquement des films pornographiques aux descriptions obscènes. Très vite, pourtant, je m'ennuyais de la banalité des va-et-vient répétitifs et ne jouissais qu'au terme de longs et vifs frottements, ne prenant de plaisir que de gorges avides et étouffées, de visages défigurés ou de corps éreintés.*

*Et, même de cela, je me lassai. Je vivais bien quelques rencontres ici et là, mais avec des hommes d'une morale trop convenue pour ma propension à la douleur. Je m'ennuyais. Alors j'ai joué à jouir en exposant ma nudité grâce à une webcam, pendant que des garçons pas mignons élimaient leur pénis derrière leurs écrans. Ça m'excitait beaucoup au début, puis, à nouveau, c'est devenu monotone, tous ces plaisirs prévisibles giclant à la face de mon ordinateur.*

*Il restait à mon corps l'attente insoutenable de la prédation que je ne connaissais que trop bien. Alors je jouissais de l'idée de tarifer mon corps et mes orgasmes, frissonnant de la perspective de devenir chose empruntée et relâchée. Il y eut un homme. Ses billets. Sa verge que je devais aspirer et regarder perler d'un insoutenable plaisir interdit. Mais il est resté flasque. Incapable. C'est un homme qui voulait aimer. Moi, je voulais juste sa verge au fond de ma gorge pour me sauver de lui.*

*(assassiner le désir une bonne fois pour toutes)*

*J'ai détalé dans la nuit qui venait juste de commencer. Avec une immense tristesse au corps.*

*J'avais vingt-deux ans. Et je me suis rendue.*

*Je n'avais pas d'autres choix. Je devais me sauver.*

*J'ai choisi d'assouvir cette faim assourdissante.*

« *N'ayez crainte. Allongez-vous et posez les pieds sur les étriers. Plus bas, les fesses. Écartez les jambes davantage. Voilà. Comme ça, c'est très bien. Voyons voir... Votre col n'a pas raccourci, c'est bien, vous avez été sage, bravo ! Mais on ne sait jamais, il faut rester vigilant.* »

Il y a des problèmes. Il y a des problèmes partout dans le corps des femmes, surtout quand elles sont fécondées et mues par la mission de maintenir l'humanité en existence valable. Mais les experts en blouse blanche sont là pour les prévenir, les empêcher, les étouffer, tous ces problèmes. Peut-être que le corps des femmes est en soi une énigme à résoudre, mais le corps médical peut tout empêcher : de la mort des bébés aux remontées acides des estomacs compressés, il peut tout prévoir, même les mots que disent les mères quand elles se vident de leur fœtus, même les larmes qu'elles versent quand viennent les premières contractions. Les médecins savent régler les problèmes ; ils sont restés longtemps sur les bancs inconfortables de l'université, sages et obéissants, pour apprendre tous les problèmes du corps possibles ; ils ont appris à observer toutes les déformations imaginables. Ils sont initiés à la résolution de problèmes. Les problèmes sont leur gagne-pain. Sans catastrophes, les médecins sont morts. Inutiles, impuissants. C'est qu'ils subissent la force d'un enseignement méthodique qui définit le corps en morceaux à soigner.

*« Allez, mademoiselle, écartez un peu plus les jambes et détendez-vous, sinon je ne peux pas vous examiner correctement. Il faut vraiment que vous respiriez profondément et que vous me fassiez confiance. Je ne vais pas pouvoir vous soigner si vous n'y mettez pas un peu du vôtre. »*

Doigts. Sondes. Flacons. Aiguilles. Examens. Radiographies. Urines. Échographies. Taux. Résultats. Battements. Pesée. Tension. Hauteur utérine. Diabète. Prééclampsie. Grossesse extra-utérine. Fausse couche. Naissance prématurée. Retard de croissance. Anomalies fœtales. Maladie génétique. Infection. Chut. Silence.

« VOUS NE POUVEZ PAS *refuser le toucher vaginal, mademoiselle, c'est obligatoire. C'est pour le bien de votre bébé.* »

Le médecin expert se trompe. Le médecin expert ment. Je suis en droit de refuser ses deux doigts dans mon vagin, la mesure de mes organes et l'évaluation de mes compétences de femme enceinte. Je suis en droit de m'affranchir des chiffres sur le papier et des cases dans l'ordinateur, de dire *« non, merci, je n'ai pas envie »*, décliner l'offre de mon corps sous ingérence, décider le traitement de ce qui m'appartient. Je peux dire : *Non*. Parce que tout va bien. Rien ne laisse supposer l'existence d'un problème dans cet utérus, certes un peu tonique pour les normes en vigueur, mais qui n'a finalement pas cédé sous mes orgasmes capricieux. Les centimètres ne suffisent pas à dire l'état général d'un corps en gestation.

Rien n'est obligatoire, mais personne ne le dit. Personne ne me l'a dit. L'examen méticuleux des cols utérins est une obligation implicite. Peu le savent. Pourtant, je peux dire : *Non*. Je l'ai appris dans les livres, compagnons de mon attente solitaire. Je peux dire : *Non.* Je veux mon intimité à l'abri, parce qu'il y a en moi l'intuition d'une paix retrouvée. Je ne veux plus retenir son poignet. Gémir ma douleur en silence. Je ne veux plus frotter longuement mon entrejambe pour effacer les traces du passage inutile. Je ne veux plus le regarder d'en bas pendant qu'il force avec ses doigts dans le fond de mon vagin. Je ne veux plus avoir à m'excuser de mon sexe trop serré pour ses doigts intrusifs.

Je suis en droit de, et c'est inscrit dans la loi. Ce n'est pas moi qui le dis, moi je ne sais qu'obéir, silencieuse. Entrouvrir les cuisses quand on me le demande. Je ne sais que détaler quand il ne reste que la peur et l'ignorance. C'est inscrit dans la loi, le droit de tout patient de refuser un acte médical. À présent, je sais. À présent, je peux. Je sais bien que tous ceux-là ont appris à m'appréhender comme une malade, une patiente sous surveillance, mais je deviens l'impatiente de mon droit de dire : *Non.* Je ne veux plus de leurs doigts systématiques. Je ne veux plus de la douleur des regards qui m'ignorent. Je ne veux plus des doigts et des silences mélangés. Ça suffit, docteur. Ça suffit.

ILS ME DEMANDENT sans cesse si je veux. La dernière en date, c'était une sage-femme aux cheveux grisonnants, installée comme un bibelot dans une pièce étroite de la maternité. Elle insistait et je ne savais pas bien comment lui dire, lui exposer l'histoire dans l'histoire, je la sentais inquisitrice face à mon buste habillé.

Non, je ne veux pas allaiter. Non, je ne veux pas m'expliquer.

C'est l'histoire de mon histoire.

Je n'ai pas très envie de disserter sur le sujet de mes seins gorgés de lait parce que les spécialistes n'y comprendraient rien, de toute façon, à mon corps de fillette détraquée, laissé à la liberté de fabriquer des mômes.

C'est mon corps et je décide.

C'est mon corps et je le sais déglingué.

Je ne voudrais pas d'un nourrisson agglutiné à mon corps dépendant. Il a sa vie à vivre. C'est l'histoire de mon histoire.

Je ne voudrais pas d'un nourrisson me donnant l'impression d'être une vache laitière. Comment pourraient-ils comprendre, les soignants en blouse blanche, que mes seins et leurs mamelons sont trop précieux pour ma douleur et mon plaisir. Je ne veux pas m'expliquer.

J'aime être enceinte. Je me sens pleine, épanouie, exaltée d'une féminité nouvelle. Mais quand tout sera fini, il sera l'heure d'une autre vie. Pas la mienne. La sienne, c'est tout. La mienne reprendra sa place dans le lit conjugal, entre les doigts intraitables de celui à qui je donne le droit de prendre les pleins pouvoirs.

Non, je ne veux pas allaiter. Les livres et les magazines de papier glacé n'ont rien pu y faire. Les biberons en plastique n'ont pas été inventés pour les génitrices chiennes, mais pour les mères libres. Nous sommes au vingt et unième siècle et les femmes ont le droit de choisir.

MES SEINS, pareils à des fruits mûrs entre ses mains, attendent d'être cueillis avec le soin qu'ils méritent, exigeants et inflexibles quant à leur traitement. Enceinte, mon plaisir est décuplé, je mouille de l'intérieur et je durcis de l'extérieur, mélange des genres qui n'est offert que par l'état de complétude physique dans lequel je me trouve, transcendance des plaisirs qui n'existe que parce qu'il y a une autre dans mon corps, à l'abri, incarnant l'insouciance dans son plus bel élément, me transformant en la plus forte du monde.

Quand mon corps se soumet à ses doigts qui pincent, tirent, tordent, je jouis de n'être que silencieuse, je jouis de ce qui m'élève, de ce qui me dépasse. D'abord, il y a une sorte de peur qui gronde quelque part, en alerte, puis, à la suite de quelques respirations profondes, survient cette ouverture ineffable, fissurant les équilibres. Je mute alors en corps coupable, corps souverain, avide d'en réclamer encore pour jouir d'une délicieuse douleur.

Je suis tenue de respirer profondément, de concéder à l'insupportable, de devenir l'alliée du supplice infligé pour tirer les avantages de ce plaisir renversé.

C'est assez semblable aux sensations éprouvées sous la douche, quand j'élève progressivement la température de l'eau, l'impression de mon corps rassemblé, recomposé, l'impression de la vie revenue dans mes veines. Je dois me concentrer très fort, chercher en moi, refuser la fuite et transformer les hurlements possibles. Accueillir la douleur en chemin. Devenir la douleur.

Lui, je vois qu'il vacille avec sa verge entre les jambes et toutes ces perceptions inexprimées qu'il sent monter en lui. Ce sentiment troublant d'être soumis au pouvoir sans savoir l'approcher, sans savoir s'accrocher. Parce qu'au fond, c'est moi qui consens à m'offrir et à dépasser des frontières interdites.

Parce qu'au fond, c'est mon corps qui décide.

CE CORPS, MON CORPS, chose rendue merveilleuse, sait. Ce qu'il a à accomplir.
Comme toutes les autres femmes, je suis capable de faire advenir la vie dans une communion entre le sexuel et le spirituel. Dans cette certitude nouvelle, je trouve l'exaltation de ma puissance. Femelle. Je ne crains plus de jouir vivre rire courir, je suis convaincue de ma capacité à donner la vie. Nulle étude statistique pour affirmer cela. Juste l'intime conviction de nous trois réunis.

Eux ne savent pas la force des corps féminins enfantant depuis des millénaires, eux ne savent pas la magie indicible des utérus. Ils n'ont appris que le corps malade, impuissant, à mettre sous l'œil acéré de surveillants en blouse blanche.

Parfois, souvent, ils sont inutiles, intrusifs, nocifs. Parfois, ils créent des problèmes aux femmes avec leurs doigts et leurs machines, mais l'enseignement leur a appris l'importance des techniques probabilités logiciels instruments, pour sauver les mères et les bébés de la mort probable. Alors, souvent, ils allongent les femmes sur des lits médicalisés et contrôlent observent mesurent évaluent. Placent les pieds dans les étriers et bavardent au-dessus des corps obéissants.

J'ai été corps de femme ajouté aux autres, persuadée de ne pouvoir jouir vivre rire courir sans l'évaluation quantitative de gants en latex et l'approbation de spécialistes trop longtemps restés sur les bancs de l'école. Tous ces corps de femmes, nous sommes puissances ignorées bafouées annulées, couchées sur le dos et soumises sans consentement explicite à la main des experts qui savent mieux combien comment pourquoi. Inquiètes et peu sûres de nous, nous réclamons et exigeons alors sécurité, comprimés, aseptisation, chiffres, mesures, normes, bébés en pyjama, mains gantées de blanc qui passent de la vulve à l'épaule, rassurantes. Le système de soin devient le seul garant de la compétence du corps féminin, qui fait de la femme un champ de mines plein de problèmes.

Alors il se passe des problèmes.

Inclinés, les corps muselés ne parviennent plus à se mouvoir et souffrent intensément de leurs pieds levés au ciel, dans une sorte de supplique inversée à tout ce qu'on peut prier, même le plafond s'il le faut. C'est vrai que c'est très douloureux, mais les médecins ont besoin d'examiner ce qui advient dans ce vagin prêt à éclore. Les corps étendus ont mal, mille fois mal, mais ce n'est pas grave, avec toutes ces machines « *ça va aller, madame* ». Les corps couchés défient les lois de la gravité alors les bébés restent là, n'avancent pas, c'est comme si nous voulions déféquer à l'envers. Alors, fatalement, il se passe des problèmes. Les professionnels se hâtent dans la pièce confinée en braillant des mots affolés, des phrases et des décisions, ordonnent des perfusions et des mesures, des machines qui attachent encore un peu plus les corps déjà cloués aux lits. Les bébés toujours là sont en attente d'un relâchement, mais ça ne vient pas du tout, le stress dévore l'oxygène des mères en devenir.

Alors il va se passer des problèmes, inéluctablement.

Il y a l'analgésie péridurale, l'aiguille providentielle qui soulage les corps horrifiés, qui endort, repose, offre des sourires aux mères inachevées. L'aiguille anesthésie les ventres, les jambes, allonge définitivement les corps. Les mères se sentent mieux, tellement mieux qu'avec toutes ces secousses qui leur broyaient le ventre le dos les orteils et la tête. Elles peuvent rire avec l'anesthésiste et poster des commentaires sur les réseaux sociaux, elles sont connectées au monitoring, à la perfusion, à Facebook, femmes hyperbranchées qui ne sentent pourtant plus le bébé en chemin, les contractions qui l'accompagnent, femmes-troncs déconnectées du bas de ce corps intolérable. Les bébés laissés là, en apnée, en attente, n'avancent plus, alors il risque de se passer de gros problèmes, les soignants se pressent et dictent des noms d'inconnus, *« on balance le Syntocinon®, les gars »*, et en même temps des indications de choses connues, *« ne vous inquiétez pas, madame, on va accélérer le travail, ça n'avance plus, on va aider ce bébé »*. Il faut ajouter des contractions. Artificielles. Pour aller plus vite. Parce qu'on ne sait pas si les fœtus vont rester longtemps vivants, en faction à l'entrée du bassin des mères connectées. Les bébés endormis dans l'anesthésie des troncs-fantômes sont secoués par la violence des rafales qui leur arrivent au corps. Ils avancent. Mais c'est violent. Parce que c'est artificiel. Les mères s'épuisent. Avec un crochet, une main gantée de blanc s'introduit alors dans les vagins, jusqu'au fond des vagins, à l'entrée des utérus. Et gratte. Gratte. Les poches des eaux sont rompues. Splash. Il faut aller vite à présent, les bébés souffrent. C'est allé trop vite. Après être allé trop doucement, on n'y comprend plus rien, mais tout le monde s'agite. Il faut sortir les nourrissons de là, maintenant, c'est devenu urgent, leur rythme cardiaque a beaucoup augmenté, il s'est vraisemblablement passé trop de problèmes. Les voix s'élèvent en un *« Poussez »* triomphal et directif, les mères poussent de tout leur soûl, de toute leur force. Après tout, elles ne sentent plus rien, alors elles peuvent bien pousser de toute la force du monde, c'est la seule chose qui leur reste à faire. Obéir aux ordres, c'est tout ce qui reste à leur état. Femelle. Leur périnée indolore se déchire dans la poussée aveugle, *« on voit la tête ! »*, un coup de ciseau dans la peau distendue rend la vie plus facile, plus rapide, *« madame, voilà votre bébé arrive, on a eu chaud, encore heureux que ça n'ait pas fini en césarienne »*. Les bébés visqueux sont nettoyés pesés mesurés emmitouflés, enfin ramenés aux bras des mères essoufflées. *« Oui, il est un peu bleu. Violet. Il a eu du mal à respirer, mais il va bien, madame, tout va bien, c'est que du bonheur. Bienvenue à la vie, bébé. »*

Sur le chemin imprévu de la grossesse est venue se glisser cette évidence, bouleversant mes précieuses certitudes : si mon corps a été capable d'accueillir et de faire grandir la vie si longtemps, il sera en mesure de la faire émerger sans intervention inutile, doigts experts ou compétences simulées.

Mon corps saura faire naître mon bébé, j'en suis persuadée.

Mon bébé a simplement besoin de nous. De moi, d'abord, présente à elle, disponible, accueillante, ouverte. De lui, ensuite, compagnon à côté, respectueux, protecteur. Mon bébé n'a besoin de rien d'autre.

Il a tout en son pouvoir pour naître à la vie si j'accepte de me soumettre à la force des éléments dans la tempête, si je concède à mon corps son pouvoir d'abandon, si je deviens l'alliée de ma douleur. Il a tout en son pouvoir pour faire advenir mon corps de mère. Personne ne pourra dire combien je suis là, à combien de mètres je suis sous les vagues de la naissance, personne ne pourra mesurer la taille de cette transcendance. Personne ne pourra compter la magnitude du tumulte et la force des corps parturients.

Eux auront peur, mais moi je serai forte.

C'est une évidence.

Il m'a fallu devenir corps enfantant pour que cela devienne une évidence.

Devenir la mère d'un corps d'enfant, c'est m'offrir sans conditions et partir à ma rencontre, même s'il y a des résidus d'ecchymoses que je n'ai pas su soigner. Devenir la mère d'un corps d'enfant, c'est m'abandonner entièrement pour laisser l'enfant se fabriquer tout seul. Ultime paradoxe de la vie en mouvement. Être indispensable et inutile tout à la fois. Être la plus importante du monde et n'avoir rien à faire, rien à dire ; être là, c'est tout. C'est déjà suffisant. S'effacer, se magnifier, transcender les molles certitudes.

Voilà l'évidence.

Ni mon bébé ni mon corps n'ont besoin d'aiguilles dans le dos ou de contractions artificielles pour advenir à la vie. Je décide de refuser l'intrusion de ceux qui ont oublié de me parler de mon consentement quand ils ont introduit leurs doigts dans mon entrejambe.

Voilà l'évidence, j'accoucherai sans rien de plus que nos forces réunies. Elle viendra au monde – nous viendrons au monde – sans médicalisation.

Mais, dans l'évidence, subsiste pourtant la trouille froide, cet infime vacillement de ce que je ne connais pas, de ce que je ne sais pas encore aimer. Et si ça ne venait pas, ce bonheur comme dans les livres ? Sera-t-elle assez jolie ? M'aimera-t-elle ? Saurais-je l'aimer même si je ne la connais pas ? Comment ferons-nous connaissance ? Me reconnaîtra-t-elle ? Est-ce que son prénom lui ira bien ? Est-ce que les autres l'aimeront ? De l'avant, mon corps saura-t-il revenir ? Serons-nous en accord sur son éducation ? Va-t-il continuer de me faire l'amour ? En aurais-je encore l'envie ? Aurais-je mal, la première fois ? Les médecins vont-ils me forcer, ignorer mes désirs, faire de moi un protocole à réussir ? Et si je n'arrivais pas à la calmer quand elle pleure ? Saurai-je la porter ? Est-ce qu'elle va aimer son papa ? Vais-je pleurer ? Et si je ne pleure pas, est-ce que cela signifie que je ne suis pas une bonne mère ? Est-ce que j'aurai du mal à la lâcher ? Serai-je une mère dangereuse ? Était-ce une erreur de m'envisager mère capable ? J'ai parfois le sentiment de ne jamais pouvoir être prête.

J'ai peur d'eux et de moi dans l'après de ce corps incertain.

J'ai peur d'eux, qu'ils m'astreignent, parce que je n'avais pas prévu la révolution dans ma tête et mon corps de femme. Comment vont-ils comprendre l'avènement de l'évidence, de mon corps compétent ?

J'ai peur qu'ils ne m'autorisent pas. Corps de femme clouée au sol avec la peur en bas du ventre. Peur qu'ils m'éreintent de leur paire de ciseaux stérile, peur qu'ils mutilent mon intimité parce que mon vagin n'est pas assez.

J'ai peur de ne pas parvenir à conserver ma bulle intacte à cause de leur regard braqué sur moi, de leur mépris dans ma transe, mon dépassement, ma force. Tout à coup, fillette rendue à sa condition vulnérable : *« zéro, mademoiselle, calmez-vous, on va vous mettre la péridurale, venez par là »*.

J'ai peur de moi, d'être ridicule et de m'enfuir quand la douleur viendra parce que ce n'est pas la même histoire, envisager mon corps en puissance et vivre la naissance d'un nouveau-né qui brûle de traverser coûte que coûte une vulve vierge d'enfant.

J'ai peur d'excréments possibles sur les draps immaculés de la naissance à venir, qu'ils se gaussent de moi qui l'ai bien voulu, la merde sur les draps propres, les cris sur leur silence, l'écartèlement dans l'amnésie, sinon j'aurais choisi la péridurale et j'aurais écarté les jambes, bien sagement sous les ordres.

J'ai peur de céder à l'épuisement.

J'ai peur de m'égarer, de m'effondrer.

J'ai peur du corps d'après, de lâcher prise, d'avoir trop peur.

J'ai erré sur la plage, aujourd'hui. Il y faisait très froid, mais j'avais étrangement chaud sous mes vêtements amples. Le visage fouetté par la fureur du vent, drapé d'un mélange crasseux de larmes et de morve, je me demandais si l'immersion fugace de mon corps sous les vagues pouvait me sauver de la trouille, faire cesser les peurs et circonscrire cette tranche de vie, cet étrange passage où il n'y a encore personne.

Mais je suis rentrée, le visage salé par l'amertume.

Je me suis assoupie sur le canapé et j'ai rêvé mes peurs, exorcisé en quelque sorte le vertige de mon émancipation. J'ai rêvé que je devais plonger dans une mer tumultueuse et verdâtre dont on ne percevait pas le fond, mais je fermais les yeux et suppliais : *« non, non, je ne veux pas, c'est trop haut »*. Je m'échappais.

Puis j'ai rêvé encore. De mains blanches qui m'accouchaient, mais il n'y avait pas de bébé, seulement un placenta demeurant toujours en moi, des jours et des jours dans mon ventre. *« Ce n'est pas grave, mademoiselle, ce n'est pas grave, écartez les jambes on va vous en fabriquer un autre »*, disaient-ils derrière leur masque, le sexe turgescent à l'orée de mes cuisses.

*C'était vraiment le début cette après-midi-là, quand nos cheveux s'emmêlaient d'un goût de sel à nos bouches assoiffées. Quand l'illégalité de notre rencontre faisait encore de nous des évadés, en cavale d'une vie trop bien rangée.*

*Tout à coup, il avait de ses mains retenu ma fureur de lui et m'avait regardée avec ses yeux fous dans les miens dingues : « Tu entends ? Tu entends ce que je te dis dans le silence ? Tu entends les mots dans ma tête ? » me demandait-il, perturbant mon geste en va-et-vient contre son entrejambe. C'est vrai que dans son corps tout entier, j'entendais « je t'aime », et ses yeux dans mon dedans me donnaient l'impression d'étouffer, suant de tous mes pores le désir féroce que de lui je transpirais. Alors, je lui ai dit : « Tu m'excites, prends-moi », parce qu'à la croisée de nos corps, je crois qu'il y avait comme de l'amour, en tout cas je gonflais d'un afflux de sang insoutenable sous l'effet de ses mots silencieux.*

*Et puis, c'est arrivé comme ça. Des mots déferlant de sa bouche amoureuse.*

*Ce n'était pas prévu du tout.*

*Il devait seulement y avoir des corps pénétrés sans mots à blesser. Juste le soulagement salutaire de sa verge dans mes muqueuses fiévreuses, juste ses mains voyageuses sur mon corps à sa merci. Ses mains en apesanteur sur mes membres endoloris.*

*Ce n'était pas prévu du tout.*

*Nous devions nous dire au revoir sans détours, regagner nos vies respectives, rappliquer à nos quotidiens convenables d'homme et de femme ordinaires. Mais c'est arrivé comme ça, sans crier gare. Je crois que ça lui a échappé. Il avait les yeux fermés, ses lèvres symétriques aux miennes, et j'ai bien entendu, il a murmuré « je t'aime » avec de vrais mots, juste avant la sentence de sa langue remplissant ma bouche.*

*J'ai été si effrayée que je me suis dégagée de lui et j'ai baissé les yeux, comme une enfant jugée coupable. « Tu as entendu ce que je viens de dire ? » soufflait-il à mon oreille, semblant lui-même interloqué par l'évidence des mots impossibles à refréner. Je demeurais là, visage en berne, arrêtée, paralysée, terrorisée de ce qui n'était pas prévu du tout et que je ressentais si fort dans tout mon être, toute mon âme amoureuse. Il a bien vu combien j'étais troublée, alors il a rectifié : « Pardon, je n'ai pas fait exprès, c'est sorti tout seul, je suis désolé, je voulais dire j'aime ce que tu me fais, mais je me suis trompé. » Alors, je me suis sentie mieux, j'ai relevé les yeux et lui ai parlé à mon tour dans le silence parce que, de toute façon, remplie de lui, il ne me restait que le silence pour lui dire des mots d'amour.*

Ce matin, l'hiver fait une trêve et l'azur est sans taches. Ce matin, il a joui bruyamment entre mes doigts, offrant sa vulnérabilité à mon enthousiasme sincère, et je brûlais d'assister à son plaisir sans résistances, jouissant moi-même ensuite de ses doigts que je ne pouvais voir, adorant son souffle rauque dans mon oreille.

Ce matin, un peu plus tard, repus de chaleur, nous attendions dans une salle d'attente, frivoles et insouciants, pressés de revenir au lit défait après les examens d'usage de mon utérus hypercontrôlé.

C'était un homme. Je ne le connaissais pas. Je n'ai pas dit un mot, prête à me plier au jeu répété des pieds dans les étriers. Mais alors que je soulevais ma jupe, il s'est mis à me questionner : « *C'est bientôt fini, comment vous sentez-vous ? Tout est prêt à la maison ? Vous avez trouvé le prénom ? C'est une fille ou un garçon ? Est-ce que vous êtes d'accord pour que je mesure votre col avec une sonde vaginale ? Ce n'est pas obligatoire, mais si vous le voulez, je vais chercher un drap pour que vous puissiez le poser sur vos cuisses. OK. Je peux y aller, vous êtes prête ? Je vais faire ça doucement.* »

D'abord, j'ai eu peur. De ne pas avoir les mots pour lui répondre. Et puis j'ai eu envie de l'enlacer. J'ai voulu lui dire les lits médicalisés, les regards sur le mur, mes gémissements, l'humiliation, mon corps molesté. Mais je n'ai rien dit. J'ai écarté les jambes et j'ai souri. Lui aussi souriait, dans un coin de la pièce, absorbé par l'image de la créature presque achevée qu'il voyait sur l'écran noir.

J'aurais voulu confier ma hargne et ma colère à ce médecin qui respectait le corps des femmes. Lui dire ma reconnaissance, le remercier de ne pas m'avoir donné l'impression d'être une femme qu'on laisse au sol après l'avoir salie. Mais je n'ai rien dit, pour ne pas souiller cet instant de la folie de mes mots. Je n'ai rien dit du tout. Juste « *merci* ».

Et puis nous sommes sortis, en attendant le jour d'après.

# 3

## Allégorie

IL EST NEUF MATINS avant le jour prévu.

Matin somnolent enveloppé de nuit et de silence, nos corps encore offerts au sommeil. Je suis prête.

J'appelle à présent mon corps à la folie de lâcher prise, s'écarteler, se déchirer. Éprouver la sensation inconnue du bassin rompu, partager la vague universelle de toutes celles qui ont enfanté dans le monde, rejoindre leurs cris, leurs larmes, leurs rires. Ébranler mes limites sans avoir peur des voix réduites au silence et des enthousiasmes réprimés. Transcender mes sensations et vaincre l'injonction qui m'est faite de pleurer en silence.

Je suis prête. Depuis quelques jours, mon corps s'entrouvre à la manière d'un désir irrépressible, forçant mes os pour faire de la place et, de toute ma force, je dis *« oui »*, parce que cette sensation inédite, vivante, presque douloureuse, je la trouve merveilleuse.

Ce matin, même si c'est encore un peu la nuit, je m'éveille au bord des vagues. Minuscules. Imperceptibles. Éveil en semi-conscience dans les draps chauds.

Minuscules, imperceptibles vagues.

C'est un peu comme si quelque chose s'enlaçait dans mon ventre, peut-être l'adieu des nourrissons à la mère quand, enfin, ils sont prêts à la vie. C'est peut-être une sorte d'ultime embrassade avant le corps d'après.

C'est aujourd'hui. Le jour.

C'est très doux, comme une caresse, un corps nu abandonné à la mer silencieuse. Lui dort à côté ; je le trouve tellement beau, j'aimerais voir ses yeux ouverts car, toujours, dans toute la vie, ce sont ces yeux-là qui m'aiment. Mais il dort, insouciant, abandonné quelque part sur le rivage, à attendre. À m'attendre.

Dans la somnolence du crépuscule me viennent des images, odeurs, sensations d'autrefois, quand la solitude heureuse d'un voyage loin d'ici m'avait amenée à ne plus vouloir être ailleurs. Quand, bercée de chants inconnus, je voulais demeurer dans les matins sans jamais avoir à vivre l'éternité de tous les lendemains. J'ai chaud et je frissonne en même temps. Je vis le cliché tant attendu mais, c'est étrange, c'est comme si c'était pour de vrai.

Je renifle son cou et explore les creux de ses épaules avant que. L'on ne puisse plus. Délectée de son odeur, je voudrais rester là et ne jamais mourir d'être une mère. Demeurer éternellement en immersion avec son corps à lui juste à côté. Dissimulée sous une écume blanche et odorante, ma main glisse lentement sur sa tumescence et en explore tous les contours comme si c'était la première fois. De ma bouche, je voudrais avaler boire engloutir son sexe entier et puissant, gorgé de sang jusqu'à la mort de son désir, autoriser en moi la force pour que les larmes ne me blessent pas. Il dit *« non, attends »*, il voudrait rester là lui aussi, pour toujours, à contempler la convoitise en équilibre au-dessus de nous. Il voudrait désirer de son sexe bandé, encore, toujours, passionnément, pour que l'orgasme ne le blesse pas. Que le désir ne meure jamais.

Nous deux avec nos corps mouillés glissants. Ventre bite bouches orteils.

Viscères utérus vagin cordon.

C'est maintenant que vont advenir les corps nouveaux.

À intervalles réguliers, mon corps se plie à l'attente retenue avant de se vider en un souffle allongé, implorant la puissance féminine, la puissance inconnue de celle qui n'a jamais été une mère. C'est une contraction.

C'est un matin presque ordinaire ; nous partageons un café et des croissants, notre désir laissé au-dessus de ce jour qui s'éveille. Il fait très froid dehors, mais à travers les carreaux poussiéreux de la fenêtre, le soleil nous invente une chaleur mutine. La ville folle semble s'être tue en attendant l'évènement.

Comme une sorte de trêve hivernale pour faire naître l'enfant.

Contempler l'attente, marcher lentement, embrasser sa bouche, ses yeux, son cou, effleurer ses frissons, s'accrocher à ses bras, accepter de se perdre.

Minuter les contractions pour savoir quand quitter la maison. Puis migrer vers les hommes en blouse blanche qui feront naître l'enfant. Cinq minutes, ils ont dit : « *Quand il y aura cinq minutes entre chaque contraction, venez, qu'on vous accouche.* »

Elles sont fortes, les vagues en bas de mon ventre, de plus en plus fortes, mais il y a dix minutes, toujours, dix minutes, encore ; je m'accroche à elles pour contempler ma douleur exquise, petites minutes égarées dans un espace-temps qui me sauve du dehors et de leurs mains pressantes. Je me sens bien dans cette maison réchauffée. J'apprivoise et reçois ce que ce bébé pas encore né me donne. Je consens, curieuse, au tumulte des corps qui s'aiment et se naissent.

Lorsqu'une contraction s'achève, j'oublie instantanément la sensation passée et j'en appelle à moi une nouvelle ; je voudrais me souvenir toujours du trépas dans la chair. Heureuse alors quand la houle m'engloutit à nouveau, me rappelant au chemin obligé, me serrant le ventre en une étreinte passionnée. Je sens poindre une envie de vomir et, l'instant d'après, il n'y a rien d'autre que le silence.

Mon souffle se fait plus rapide, les crampes autour de mon bassin se font plus intenses, je n'ai pas peur. Je m'enthousiasme d'avoir été l'élue de ce bébé en chemin. En immersion, soumise à la douleur, je l'apprivoise et la fais mienne en expulsant exagérément l'air par la bouche. Je touche et encourage la petite fille qui m'invente mère, tellement forte d'être restée vivante jusqu'à ce jour. Je suis là, avec elle, offerte à ce que sa naissance impose à mon corps.

Les sensations s'intensifient, la vague s'élève, de plus en plus haute, gonflant la mer, engloutissant une partie du rivage. Le soleil bienfaiteur se transforme en menace, il devient indésirable, violent, écrasant. J'ai envie de vomir. Je gémis. Puis me dissimule dans l'obscurité de la chambre aux volets fermés pour m'abandonner, comme un animal aux prises à ses instincts, tapie dans le noir, recroquevillée, pliée, enroulée, attendant la fin ou le début, je ne sais plus.

Chaque vague me rapproche de mon bébé. Je dois nager avec elle pour ne pas me noyer, mère silencieuse qui ne pourrait que suffoquer, étouffée écrasée broyée par le ressac de la mer impétueuse.

Et si je n'y arrivais pas ? Comment pourrai-je supporter l'insoutenable douleur du corps écartelé quand ils auront mis leurs gants et qu'ils attendront, la tête posée à l'entrée de mon vagin au travail ? Comment pourrai-je supporter la fin de l'événement alors que c'est déjà si intense ? Et si ce projet de rendre mon corps vivant, c'était rien que des foutaises ? Et si j'étais juste une fillette blessée de n'être qu'un utérus sur la table froide du médecin ? Est-ce que ça va être la boucherie ? Est-ce qu'il va y avoir du sang ? Est-ce que je vais hurler ? Est-ce que. Est-ce que. Est-ce que.

J'ai souvent rêvé de ce bain solitaire, ultime parenthèse m'offrant une seconde peau, me rapprochant ainsi du bébé en chemin, lui laissant dans le corps la certitude de n'être jamais seul. Alors, j'allume les bougies, agence la chaleur et fait jouer les mélodies que j'ai préparées pour les corps qui naissent.

Je me penche lentement vers la baignoire et c'est là, je crois, à ce moment très précis, qu'elle se présente à moi, la vague immense qui ne me laissera jamais sauve.

Puissante, violente, nouvelle.

Une vague qui m'ouvre et me projette sur la table à langer, encore vierge de l'enfant qui pousse son corps minuscule vers la vie. Mon corps animal gémit. Je visualise mon cri pour l'accompagner, de mon ventre à ma bouche asséchée par la stupeur.

Folle contraction qui diminue mollement et disparaît, comme un serpent effrayé qui s'enfuirait en glissant vers l'ombre et la fraîcheur.

Je suis abasourdie. Essoufflée. Je n'en reviens pas. Il s'est passé quelque chose mais je ne sais pas le dire avec des mots.

Très vite, une vague puissante me propulse à nouveau contre le meuble en bois, la douleur s'échappe de mon corps en un râle grave, je balance instinctivement le bassin comme si je dansais langoureusement. Haletante. Sidérée. Je ne sais pas ce qui se passe, je ne comprends plus rien à ce corps dément. Je suis dans un état second, brut, sans maîtrise, abandonnée à ce que les vagues veulent bien faire de moi.

Isolée, je me sens plus libre. Invincible. Vulnérable. Je ne sais plus.

Tout à coup, je me sens fière. Pleine de l'arrogance de n'être pas tombée à genoux face à ce qui tentait de m'écraser. Je reprends confiance en moi. Je me sens concentrée, entièrement dévouée à la vie qui a choisi de naître. J'ai l'intime conviction que les choses avancent et je me plais à sentir la puissance folle qui se dégage de mon corps. La puissance de ma soumission inconditionnelle à ce qui peut advenir.

Je me sens forte de m'oser si vulnérable.

C'est d'une violence inouïe, pourtant. C'est d'une violence qui fait tourner la tête et tomber les corps par terre. Quelque chose craque. L'envie de me placer sur les toilettes me surprend, c'est mon corps tout entier qui crie et se libère.

Je souffle.

Et je saigne.

J'ai peur. Le sang, c'est comme le déclin de la virginité ou l'avènement de la femme morte d'être une mère. C'est le drame sur les gants blancs ou la résistance imbécile de la petite fille aux genoux écorchés. C'est l'immaculée entachée.

Je suis paralysée de cette culotte souillée et de mon impuissance.

*« Il faut y aller. Je saigne. »*

Je suis femme égarée, penaude et désarmée. Fragile comme un enfant boiteux qui voulait juste grimper aux arbres et se noyer pour toujours dans les éclats de rire. Lui tourne autour de mon corps pétrifié pour préparer le pyjama de velours et les serviettes hygiéniques taille XXL. Moi, je ne sais plus quoi faire avec tous ces pieds et ma tête et mon ventre et mes seins. Juste tomber par terre et m'endormir pour ne plus avoir peur.

MES CUISSES TRESSAUTENT sous mes mains engourdies, la voiture produit des soubresauts semblables à des séismes, je claque des dents et respire bruyamment.

*« Je stresse, je n'y arrive plus, c'est vraiment trop, putain j'ai mal. »*

Il dit que ça va aller, lui qui n'a pas de corps vivant à l'intérieur de lui.

*« Je n'y arrive plus. Regarde, je tremble. Et si elle meurt, comment on fait ? »*

Il dit que je suis la plus forte du monde parce que je suis déjà parvenue jusque-là, même si c'était dans l'ombre et que lui veillait sur le silence pour me sauver de la folie du monde.

*« Tu peux y arriver mon amour, respire lentement, oui, comme ça, j'ai envie de toi, t'es tellement belle, t'es belle, je t'aime putain je t'aime. »*

Il stoppe le véhicule devant la grande baie vitrée de la maternité, comme tant d'autres hommes se sont garés avant lui, laissant là des ventres arrondis prêts à faire mourir leur opulence entre les mains d'autres plus experts. Je lèche ses lèvres salées d'amour et me dégage de la voiture, fillette abandonnée sur le bord de la route avec ses larmes dans la bouche.

Me voilà en sécurité, même si ça ne ressemble en rien à mes rêves de gosse terrible qui ne voulait pas soumettre son corps maternel.

Je ne veux pas les voir, les blouses blanches avec des hommes dedans. Alors je prends le temps de me rendre aux toilettes et gagne ensuite les consultations ordinaires. Comme une femme enceinte ordinaire qui n'a pas le corps tordu de contractions extraordinaires. Comme une femme enceinte qui ne va pas mourir là-haut, dans les salles de naissance fermées, étriquées, déshumanisées.

Je n'ai pas peur.

Je me sens tellement forte avec ce corps qui sait faire tout ça.

Je longe le couloir, accueille avec force les nouvelles vagues qui m'amènent loin de la folie des hommes et je souffle. Je souffle lentement.

« *V**otre nom* *? Votre DPA ? Installez-vous là. Couchez-vous, oui, voilà.* »

Ses cheveux sont blonds et fins, ils ont l'air si doux qu'il me prend l'envie saugrenue de les caresser et de les renifler, de fermer les yeux, de la contempler pendant qu'elle place le monitoring sur mon ventre bientôt déserté.

*« Vous mesurez combien ? Vous pesez 77 kilos, c'est ça ? »*

C'est insupportable. La contraction nouvelle me prend tout entière, m'engloutit, je gémis et gesticule en me mordant les lèvres pour ne pas hurler. Puis la douleur disparaît, serpent pervers qui aime les femmes couchées au sol pour mieux les asservir.

*« Ça va, elle n'était pas très forte, celle-ci. Regardez le monitoring. »*

L'envie me prend tout à coup de la saisir par le col de sa blouse et de lui hurler des mots sans douceur dans le creux de l'oreille ; au lieu de ça, je l'observe silencieusement pendant qu'elle lit mon dossier, moi qui suis devenue en l'espace d'un instant une femme couchée, muette, soumise à la tyrannie ouatée du système hospitalier. Que puis-je faire de ce corps vaincu qui ne peut plus bouger ? Que puis-je dire à cette sage-femme qui n'a de sagesse que son silence et sa froideur ?

*« Je vais vous examiner. »*

Ses doigts dans mon vagin. Mon poignet qui la retient. Ma douleur, mon adversaire. Célébration désormais rituelle. Je suis un corps plié parmi les autres, étourdie d'indifférence.

*« Votre col est ouvert, la poche des eaux est très bombée, je vais chercher la sage-femme en chef pour qu'elle vous examine. Il est possible que le travail ait déjà commencé. »*

Je suis femme ignorante ignorée qui ne sait pas dire si son corps est en travail, qui a besoin de trois doigts dans le vagin pour savoir à quelle heure son bébé va naître. Mais elle ne sait rien, la dame blonde qui garde le nez dans mon dossier au lieu de me regarder vivre, elle ne sait rien des onze heures passées à la maison, la rage au corps et la folie de croire qu'on pouvait naître tout seuls, tous les trois comme les plus forts du monde. Elle ne sait rien, l'experte désignée, de mon corps qui sait faire tout ça si on le laisse libre, elle ne sait rien de la main tendue que j'aurais voulue pour me glisser dedans, de ses bras que j'aurais voulus pour m'appuyer dessus. Je suis femme laissée là avec des chiffres, des courbes, des machines qui disent le cœur qui bat, des kilos et des centimètres et je maudis l'experte de me laisser toute seule avec les vagues et les machines.

Le voilà qui entre avec ses yeux qui cherchent et son corps amoureux, débraillé, décoiffé, quels yeux magnifiques, *je t'aime putain je t'aime.* Mais je n'ai pas le temps des mots, il est l'heure d'une nouvelle contraction qui me terrasse à nouveau, m'anéantit, me dévore, femme couchée femme vaincue, corps étendu.

« *Aide-moi s'il te plaît, je veux me relever. Je sens que je meurs, aide-moi.* » Et puis les fils qui s'entremêlent, les battements du cœur minuscule qui n'est pas encore né, mon corps harnaché qui souffre trop pour se redresser. Et puis ma rage de vaincre sur ce corps qui m'appartient.

Je m'assois grâce à ses mains qui m'aiment. Alors que je voudrais me mettre à rire dans ses bras et lui dire « *merci, je t'aime, tu as vraiment de beaux yeux tu sais* », alors que mon corps se relève pour le rejoindre, nous entendons ce bruit. Un ruissellement d'entre les origines. Les couleurs de l'eau sont invisibles, mais c'est si précieux, si merveilleux, ce moment qui nous relie à elle, toute petite fille qui y a nagé pendant neuf mois et qui est aujourd'hui prête à faire naître son corps à la vie. Ça lui fait quoi, dedans ? Est-ce qu'elle a senti le déluge qui s'est fait la malle à l'extérieur de sa mère ? Est-ce qu'elle n'y comprend rien ? Est-ce qu'elle a le cœur qui bat à toute vitesse sans même savoir que ça s'appelle la peur ? Est-ce que je vais bientôt la toucher ? Est-ce que c'est fini, l'événement ? Est-ce que.

On rit lui et moi, tout seuls, amoureux, mais il s'en va déjà pour leur dire que le corps étendu est un corps debout avec des pieds mouillés.

Je suis seule, un peu sonnée par ce qui vient de se passer, je me sens hypomaniaque comme ils disent là-bas, excitée, avec l'envie de hurler courir sauter danser très fort.

Mais.

Ça recommence. La contraction qui vient efface le sourire béat sur mon visage et m'amène vers un chemin nouveau, escarpé, chemin obligé mais jamais emprunté, tsunami de ma vie bouleversée. Cette fois, je crie, je pleure, je suffoque de la surprise de mon bassin broyé, le monitoring glisse de mon ventre et je n'entends plus les battements intempestifs de cette vie vraiment vivante. Je panique, je crie.

Ils arrivent. Lui, ses yeux qui font l'amour à ma mine fatiguée, la dame blonde et la grande cheffe. Cette dernière m'invite à m'allonger, je la défie en écartant les jambes, en position assise : « *Je ne me coucherai pas. Allez-y, mettez vos doigts si vous voulez, mais je reste assise.* »

Mon col est ouvert à huit centimètres. « *C'est beaucoup. C'est bientôt. Appelez les médecins, envoyez une équipe, faites venir un fauteuil roulant, on la monte au premier, elle va accoucher, la demoiselle.* »

FEMME EXTRAORDINAIRE aux traits déformés par la peur et la douleur, elle pénètre dans la salle d'accouchement en fauteuil roulant, les jambes enveloppées d'un drap d'hôpital et la culotte aux chevilles.

Des femmes masquées l'attendent, affairées entre les fils et les machines, les cheveux tirés pour ne pas être gênées dans leur travail ; rien ne doit dépasser, rien ne doit entacher cet instant hygiénique, rien ne doit déranger l'œil vigilant des sages-femmes. Elles semblent joviales derrière leur masque et dansent sans discrétion sur l'air endiablé d'une radio *mainstream*. Elles portent dans leurs mouvements l'habitude des gestes répétés mille fois, cadence mécanique. *C'est si beau de donner la vie.* Brancher, stériliser, vérifier, contrôler, éteindre, bip bip, allumer, placer le lit de l'accouchée, OK, prêts, c'est parti. *C'est tellement magique la naissance d'un bébé.* Elles accueillent l'accouchée en la dirigeant vers le grand lit immaculé et l'allongent doucement pendant que, les yeux révulsés, l'accouchée se plie. L'accouchée obéit. L'accouchée se couche.

*« J'aimerais. j'aimerais accoucher. sans. les produits. naturellement. J'aimerais. accoucher dans la position. qui me convient. le mieux. »*

La femme hurle, visage et silhouette distordus.

On n'en voit plus beaucoup des accouchées hurlantes comme celle-ci. De nos jours, les femmes sourient et s'endorment, serviles et silencieuses. Écartent sagement les jambes et poussent quand on leur demande. Sourient quand des mains raccommodent les peaux déchirées parce que, de toute façon, les corps sont endormis. *C'est que du bonheur, ensuite on oublie tout.*

*« Allongez-vous quand même, on va vous examiner et poser le monitoring ; nous discuterons de la position ensuite. »*

L'homme de l'accouchée a fait changer la musique ; c'est à présent une mélodie aux rythmes de fin du monde qui emplit la pièce, une de ces mélodies qui voudrait faire onduler les corps et fermer les yeux pour les empêcher de pleurer. Mais les femmes en blanc, de leurs mains en plastique, ne compromettront pas leur professionnalisme à cause de quelques voix graves et suaves. La cheffe enseigne à son élève attentive le geste vaginal de rigueur, l'insertion des doigts de toute une main dans le vagin béant de l'accouchée qui se contorsionne sur le lit. Puis, c'est au tour de la stagiaire. Il faut expérimenter la pratique médicale sur un corps véritable, sinon comment peut-on apprendre à accoucher des accouchées tordues ?

*« Pour un premier bébé, je n'ai pas très envie que vous accouchiez dans une autre position que couchée sur le dos. Pour un deuxième, c'est différent, mais là,*

*j'ai vraiment peur qu'il y ait un souci, vous comprenez. Au pire, on fera sur le côté. On verra, d'accord.* »

L'accouchée a exigé une lumière tamisée ; la lumière a été diminuée. L'accouchée a imposé des mélodies nonchalantes ; la musique a été acceptée. L'accouchée n'a pas souhaité d'injection d'ocytocine synthétique pour accélérer ses contractions ; l'ocytocine a été congédiée.

Mais l'accouchée veut accoucher debout, alors ça, *non*. Il en est hors de question. C'est bien trop dangereux. Nous l'avions pourtant prévenue quand elle n'était encore qu'une mère en attente, son projet de naissance entre les mains : ce n'est pas très esthétique d'accoucher à quatre pattes ou accroupie. Tout de même, nous ne sommes pas des chiennes.

L'accouchée prétend pouvoir donner la vie avec un vagin invisible aux mains expertes alors qu'elle est un corps hurlant sur la table aux draps blancs. *Non*. Comment les sages-femmes pourraient-elles alors la guider ? Comment feraient-elles pour insérer leurs doigts et compter les centimètres, à quoi serviraient-elles si toutes les femmes se mettaient à enfanter debout ? Elles ne seraient que mains inutiles, bouches bâillonnées et bras ballants sur des corps empêchés.

ILS POSENT DES QUESTIONS, venant se présenter tour à tour à mon chevet, je n'en perçois que des bribes et leur réponds avec des mots ébréchés. J'entends qu'ils rient de mon abandon à la douleur et qu'ils n'ont pas l'habitude des femmes qui chuchotent ou gémissent les yeux fermés, ondulant sur la table, la vulve offerte à leurs mains habitées. J'entends que lui leur répond, de sa voix qui ne tremble pas parce qu'il sait que je ne les entends pas, il sait mon corps naturel, plein de toutes ces hormones qui m'amènent à la mer.

Je crois qu'ils craignent mes cris dans leur silence parce que, dans notre monde, les femmes ne hurlent plus. Je crois qu'ils voudraient me faire taire. Me réduire au silence, étouffer ces râles inconvenants.

*« Bonjour, je suis l'anesthésiste. Vous ne voulez pas la péridurale, bravo, quel courage. Il va falloir le sortir le bébé, hein. Ça fait mal. Appelez-moi si vous changez d'avis. »*

Je souffre. Je souffre d'être seule, couchée à terre, vaincue, moquée, je souffre d'être juste un corps de plus à enfanter, juste un corps à débarrasser de celui qu'il étouffe, je souffre de leurs mains qui se succèdent dans mon sexe élargi, posé là sur le bord de la table, dégoulinant de sang et de liquide amniotique sous le regard de ceux qui savent à quelle heure, combien de centimètres, combien de contractions.

Je souffre d'être couchée sur le dos et d'être un corps consigné, maillon de la chaîne infernale des naissances à la chaîne, hurlant au-dessous des rires et des anecdotes. Je souffre de ne plus pouvoir bouger, cerclée de fils, de scratchs et d'aiguilles violant ma peau qui se durcit de rage. *« C'est au cas où, mademoiselle, si jamais il faut vous perfuser d'urgence, vous aurez déjà le cathéter. »*

Je souffre de ma soumission au système médical, normé et exigeant, qui ne fait pas confiance à mon corps de femme sous prétexte que. Qui ne supporte pas d'entendre crier trop fort dans ce monde silencieux où nous marchons en rang, sagement, les yeux baissés, civilisés, empruntés.

Suffocation. Hyperventilation. Asphyxie soudaine.

Là où je tente de me rattraper, il n'y a rien. Il n'y a personne.

J'ai toujours été tétanisée par la mer. À cause de l'immensité, l'univers éclaté, l'intolérable absence. Mes jambes qui se débattent au milieu du vide. Mes poumons gorgés d'eau et cette impossibilité de vivre. Le silence imposé, même si le corps se bat.

Je voudrais me suspendre et donner de la force à ce corps en apnée, mais il n'y a rien d'autre que l'absence, alors je suis forcée de hurler.

Il y a cette étudiante qui reste près de moi et me chuchote des mots réconfortants tout en me tenant la main, *« c'est très bien, soufflez, pensez à votre bébé, accompagnez-le »*, mais sa présence est vite gommée par le savoir aguerri des uniformes médicaux, alors je me dégage de son étreinte et me tourne sur le côté, abandonnant ces autres et leur regard par en dessus. Derrière mes paupières, vient le sommeil. Ou plutôt un état de semi-conscience qui ne souffre ni de crampes ni de silence. Je suis endormie, hébétée, absente ; je respire lentement et profondément, il y a cette sensation de vide et la conscience absolue de l'ultime complétude. Je suis dans un tel état de béatitude que je sens bientôt mon corps partir. Un instant, je ne suis plus là. Un instant, il y a vraiment la mort en moi.

Alors je sursaute et j'ai peur.

Mon corps tout entier semble envahi de l'intérieur. Mes os s'écartent ; je hurle. Eux, ils sont entre mes jambes et rient en disant que c'est normal d'avoir l'impression d'être brisée en mille morceaux ; l'enfant pousse sur le rectum et va bientôt s'engager dans le vagin pour libérer ce corps qui ne sait rien faire d'autre que braire et dormir.

*« Vous êtes toujours sûre de ne pas vouloir la péridurale ? »*

« *V*ous allez devoir *pousser, maintenant, votre bébé est encore très haut, il va falloir l'aider, d'accord ?* » Je n'ai pas envie de pousser, comment se fait-il que leur parole soit plus raisonnable que les sensations de mon corps. « *Attendez, attendez-moi, j'ai besoin de temps. Je n'y arrive pas, je ne sais pas, je ne suis pas sûre que ce soit une bonne idée, ça ne fonctionne pas, j'ai mal, arrêtez de me hurler dessus.* »

Je n'ai pas envie de pousser. Je voudrais juste dormir.

« *Vous n'avez plus de contractions, nous allons vous injecter de l'ocytocine synthétique pour accélérer la poussée, sinon votre bébé peut être en danger.* »

Je n'ai plus de contractions parce que je sais, je le sens dans mon corps, que ça n'est pas encore le moment. Peut-être que mon bébé se repose, peut-être que je pourrais me lever et marcher pour célébrer la gravité, aider ce nourrisson aux portes de la vie, peut-être que je pourrais faire danser mon corps, peut-être que ? *S'il vous plaît. j'aimerais bien.*

Les contractions reprennent seules. Ils m'ordonnent de pousser. Je pousse mal. Je ne sais pas pousser. Je ne comprends plus leurs mots qui m'écrasent. Je ne perçois que leur regard acerbe sur mon vagin et leur cri sur ma douleur, éructant comme un seul ordre de ces silhouettes sans bouche.

*« Il faut vraiment que le bébé sorte, mademoiselle. S'il n'est pas sorti à la prochaine poussée, j'ai amené la ventouse »*, dit la sage-femme en brandissant l'objet comme un couperet au-dessus de ma tête.

Ils attendent, l'œil affûté et le souffle retenu, se demandent si elle va y arriver cette folle accouchée qui n'a jamais voulu se taire. Moi, je n'en peux plus, je voudrais boire de l'eau et dormir, j'ai mal au corps, j'ai mal aux os d'accoucher dans la rage et la folie, je voudrais qu'ils fassent ce qu'ils veulent de ce corps tourmenté, *allez-y j'abandonne la partie.*

Je pousse encore encore encore. Et puis je sens. Ces chairs qui s'écartent, tirent, se déchirent pour laisser passer l'immensité. Je brûle, je hurle, je ne veux plus être là, je voudrais boire de l'eau et dormir, je retiens, j'ai mal, ils crient à l'unisson mais je ne les vois plus.

La tête est sortie.

Dedans dehors, en flottement, il faut recommencer pour donner un corps entier à ce bébé qui ne sera plus jamais dedans. Il faut pousser encore. Se déchirer encore. Je n'en peux plus, je n'en veux plus, je dis *« non non non »*, et c'est un peu comme si de ces « non » graves sourdait ma puissance. Je soulève mon buste en un dernier effort, j'inspire profondément, je l'entends qui chuchote derrière moi que je suis la plus forte du monde, alors je hurle une dernière fois.

Pour que jamais je n'aie à revivre ça.

Pour que plus jamais dans ma vie, je n'aie encore à souffrir comme ça.

Plus jamais.

Elle est née.

Voilà. Elle est née.

Déposée sur moi quelques secondes. Mains maladroites, secondes étiolées. Reprise aussitôt. Pesée mesurée nettoyée frictionnée essuyée. Des gouttes dans les yeux, une couche sur les fesses. « *Bienvenue à la vie, petite fille.* » Je l'entends pleurer, contorsionnée à son tour sur la table en métal à côté, je voudrais la voir, lui dire « *maman est là, petite enfant minuscule, maman est là, ça va aller* », mais ils pressent mon ventre pour achever le travail et tentent d'insérer un cathéter sous la peau de mes bras déjà parés d'hématomes, « *on ne sait jamais, si vous faites une hémorragie* », pendant que d'autres sont occupés à rapiécer d'infimes déchirures à l'intérieur de moi. Alors que pourrais-je dire penser pleurer, je ne peux que fermer les yeux pour essayer de choisir une douleur à oublier. Je ne la vois pas, la petite fille. Aveuglée par leurs rites infernaux, j'entends seulement ses couinements, comme une infime riposte au-dessus du cliquetis des instruments stériles sur les tables de métal chromé.

Elle est née. Silencieuse, pendant que sa mère hurlait.

Enfin déposée entre mes seins dénudés, elle contemple un ailleurs inconnu avec ses grands yeux noirs. Elle suce son index pendant que lui l'observe avec curiosité. Elle porte une couche-culotte autour de son corps miniature et des tâches orange autour de ses yeux bouffis.

Elle est mon enfant et je suis sa mère.

Je ne ressens rien, juste le soulagement d'en avoir fini avec cette guerre perdue d'avance. Je suis vidée, je suis douleur, je suis un corps amputé sous des mains expertes qui piquent appuient cousent tirent tâtent et j'attends, avec un petit corps entier entre mes seins.

On dirait qu'elle est la plus belle du monde avec son regard appuyé.

Lui, à côté de nous, contemple dans le silence cet instant arrêté ; il est devenu un papa, et peut-être qu'il se dit *« c'est elle, c'est ma fille »*, ou peut-être qu'il ne se dit rien parce qu'il est là, c'est tout.

Ils terminent leur labeur, les épaules lasses. Se débarrassent du placenta, nettoient les instruments, jettent leur masque à la poubelle, retirent mes pieds des étriers et posent un drap tâché de sang sur mes genoux comme on couvrirait un défunt. Geste mécanique et mortuaire pour célébrer la vie commencée. Ils me félicitent, baissent la lumière, prononcent quelques banalités puis s'en vont, nous laissant seuls tous les trois.

Voilà. Elle est née.

La musique continue de nous bercer dans cet instant qui n'appartient qu'à nous, l'instant d'avant la vraie vie, l'instant d'après les cris et la puissance, l'instant intermédiaire que personne ne pourra nous voler, le prélude de la vie d'après.

Elle ouvre la bouche en tournant la tête, manifestant ainsi son premier désir : téter. Je suis bouleversée. Je me demande si c'est un peu comme de la magie, entre un instant d'avant avec des rêves naïfs dans la tête et un instant d'après avec un bébé qui sait comment on fait tout ça. Je me demande comment procéder pour répondre à ce bébé qui, lui, sait comment, où, pourquoi, alors je l'aide un peu en dirigeant mon sein vers sa bouche, elle a du mal à l'attraper, on dirait qu'elle sourit, je ne sais pas comment on fait, quels sont ces gestes qu'il faut faire quand on est devenue une mère véritable. Nous sommes tout seuls, lui non plus ne sait pas, il n'y a que ce bébé savant qui attend la bouche ouverte et nous, nous ne sommes que des parents novices et inutiles alors on ne comprend pas, on attend quelqu'un pour nous aider à l'aider.

Mais il n'y a personne. Juste l'obscurité d'une chambre désertée, des bips réguliers dans le noir. La preuve que nous sommes encore vivants, peut-être.

Il n'y a personne et, elle, elle reste là, avec sa bouche remplie de silence.

# 4

## Mais tu n'es pas morte

MES PIEDS IMMERGÉS dans la mare de mes entrailles exfoliées, je ne suis pas morte, je suis bien vivante. De chair et d'os et de viscères.

Derrière la porte, elle est là, les paupières closes et l'insouciance au corps.

Elle m'attend, elle me manque ; où est-elle ? Elle flotte dans l'air et mes chevilles se noient.

Je ne parviens pas à toucher, là. Ça ne cesse jamais de couler, je ne sais que faire de cette serviette rêche et minuscule, blanche absurdité moquant l'ampleur de la tragédie. Ils ont cousu, là, entre mes jambes, à l'intérieur de moi béante, ils ont fait des points avec un fil et une aiguille, m'ont rapiécé, le geste las et l'âme ailleurs. Ils ont cousu ici et je l'ai senti, oh oui je l'ai bien senti, je suis déchirée dedans.

Ça tourne autour. Mes jambes vacillent, mon corps est faible et rompu, je voudrais rentrer à la maison et dormir jusqu'à beaucoup. J'ai mal aux os, j'ai mal au corps, j'ai froid, je frissonne.

La sage-femme m'a laissée, là, sur le seuil de la porte. Elle m'a abandonnée et a dit *« à tout à l'heure »* d'une voix guillerette, comme si elle ne voyait pas dans tout ce corps éreinté que je voulais la supplier de ne pas me laisser comme ça, vidée comme un poulet, dépecée, charcutée, mutilée.

En tremblant, je fais couler un mince filet d'eau sur ce morceau de chair bleuie par les efforts, cette tranche de peau malade et gélatineuse qui se balance sous mes yeux et porte la mélancolie précoce du nourrisson qui n'y reviendra jamais.

Mon ventre. Je n'ai même pas pensé à le toucher une dernière fois et il n'en reste que sa peau flétrie. Je suis devenue un fruit passé, je dois maintenant me laver, effacer les traces de l'Évènement, tout doit disparaître. Là-bas, derrière la porte, ils ont déjà dissimulé le sang la merde les larmes et les cris, les draps ont été changés, la lumière a été tamisée, il ne reste que le bébé à la peau douce dans un pyjama de velours et un bonnet trop grand pour lui, un bracelet en plastique avec son prénom dessus, la layette et les publicités dedans. Tout est prêt pour que le monde accueille le nourrisson enfin extrait de la mère mais, tout de même, madame, lavez-vous la vulve, soyez présentable.

Où est-elle ? Que fait-elle ?

*Lave-toi.*

J'ai froid, je pleure, je suffoque dans ce réduit aseptisé mais je sais aussi que *c'est que du bonheur*, c'est comme ça qu'ils disent tous : « *quand ils déposent le bébé sur ton ventre vide, tu oublies tout* ». Pourquoi je n'oublie pas tout, moi, hein ?

*Lave-toi.*

Pourquoi je pleurniche alors que mon bébé, là-bas, *c'est que du bonheur* ?

Avec l'écume blanche du savon entre mes mains, j'effleure lentement ma poitrine et. Mon ventre. Flasque et las.

Prise de vertige, je ne peux soudain réprimer le hoquet de dégoût qui jaillit de ma bouche. Je regarde mes pieds, souillés de vomissures et de sang et j'entends *« c'est que du bonheur »* dans ma tête obstinée, cette petite tête capricieuse qui ne veut rien entendre de ce que disent les autres.

Et puis je chancelle.

Je voudrais pleurer, être vivante de larmes ou de cris peu importe, je claque des dents, je voudrais dormir et qu'on m'arrache de ce corps étranger, là, tout de suite, ne jamais avoir vu cette étendue de sang qui macule la salle de bains étroite et virginale. Je m'assieds sur la cuvette des toilettes parce que.

Ça virevolte.

Je ne peux plus. J'ai mal. Peur. Je chuchote *« au secours »*.

Ça tourne. Ça virevolte.

Je tombe, de ce corps nu qui saigne sans s'arrêter. Mais je ne suis pas morte.

Je ne suis pas morte.

*J'avais vingt-deux ans quand je me suis rendue. À ce qui m'appelait, à mon premier rendez-vous. Soignée, rasée, corps glabre attendu, je toquai à la porte le ventre noué par la trouille et l'émoi des premières fois. Le bureau se trouvait dans une arrière-cour, comme il y en a des tas dans la grande ville. Quand j'y entrai, cette première fois, une femme brune au corps adolescent était en train de se rhabiller sous le regard indifférent de trois hommes au travail, laconiques derrière l'écran de leur ordinateur. Ici et là, affiches de films, apparats de dentelle, phallus en plastique, palettes de maquillage… Lui était au fond du bureau, l'air concentré au cœur d'un capharnaüm de dossiers, tubes de lubrifiants et autres objets difficilement identifiables.*

*« Salut, je t'attendais. Installe-toi, vas-y, fais comme chez toi. »*

*Avant de venir, traversant villes fantômes et stations de métro aux panneaux bleus monotones, j'avais erré de longues heures sur le web, hypnotisée par les récits interminables de son blog, lisant toutes les archives des années passées en essayant de saisir l'intérêt du pornographe pour la chose de son commerce, l'intérêt des femmes et des hommes pour la mise en circulation de leurs fluides et orgasmes. Je n'y avais pas compris grand-chose, mais j'avais été étrangement attirée par le quotidien de cet homme, relaté sous la forme de chroniques hebdomadaires, de ses séances de tournage à ses soirées solitaires, de ses nouvelles actrices à ses amours ratées. Il y publiait aussi de la poésie, de la musique, des billets d'humeurs. Alors quand j'ai retiré ma veste pour m'installer en face de lui, c'est un peu comme si je rencontrais un vieil ami, je me sentais à mon aise.*

*« Bon, tu veux faire du porno, c'est ça ? »*

*Sans l'avoir prévu, je lui ai alors narré la médiocrité de ma carrière de vendeuse à peine entamée, les jours gris de ma banlieue indifférente, le train éternel de mon ennui, mon jour de repos choisi pour le rencontrer, mon désir de m'échapper d'une existence pliée d'avance. Travailler, acheter une maison, avoir des enfants, une clôture contre les voleurs, un tablier pour moi, une tondeuse pour mon mari, un labrador pour les mioches ou des mioches pour le labrador. L'ordre des choses et les circonstances de la servitude volontaire m'étaient étrangers, mais j'étais déjà certaine d'une chose : je voulais m'en échapper.*

*Je lui ai confié la trouille qui dévorait mes tripes en même temps que l'ivresse qui me faisait vivante, d'être là pour lui ce matin-là. Il a désigné mon chemisier et m'a demandé, taquin, si je m'habillais comme ça pour aller travailler, avec ces seins devinés.*

*Quand nous eûmes assez ri pour considérer notre amitié entamée, il m'a demandé de me dévêtir pour réaliser quelques clichés d'usage et ajouter ainsi mon corps dénudé à son catalogue déjà bien rempli.*

*J'avais l'habitude des photos de nu, ayant consciencieusement appris depuis quelques années à satisfaire les désirs de photographes amateurs. Alors, j'ai fait danser mon corps devant son objectif, je l'ai baladé, tourné, retourné, j'ai baissé le menton et entrouvert les lèvres, avec cette absence dans les yeux que les photographes apprécient chez leur modèle docile. « Voilà, c'est ça, disait-il pour m'encourager, dis donc tu n'as pas trop peur on dirait. Fais-moi une pause avec tes seins entre tes mains et puis, ensuite, tu t'allongeras sur le canapé. »*

*À côté du sofa, un grand panier débordant de verges flasques et fluo provoqua en moi une fascination paralysante, un tas de verges sans hommes autour pour dire des mots et des silences, certaines arborant les veines tendues du désir brûlant qui précède le mélange des corps. « Ça t'arrive parfois de te faire du bien comme ça, quand tu es seule, non ? C'est quelque chose que tu as envie de faire devant une caméra ou ça te fait peur ? » Et puis, exhibant négligemment son sexe replié : « Et ça, ça te fait peur ? Non. OK, tu vas me faire une pipe, on met ça dans la boîte et je te laisse repartir. »*

*Sa queue était molle et fade comme un chewing-gum usagé, mais peu importait ; cette mascarade ludique ne servait que le catalogue et l'archivage. Une sorte d'entretien préalable pour imaginer mon visage en situation d'emploi, tester mes aptitudes en matière de fellation en même temps qu'évaluer ma capacité à être belle, active, profonde, et justifier ainsi le prix de l'abonnement de ses futurs internautes. J'ai pris la posture professionnelle adéquate, la langue exagérément tirée et les yeux levés vers l'appareil photo. Puis j'ai introduit son tubercule dans ma bouche ; petite et douce chose recroquevillée entre mes doigts fut mise à l'abri dans la chaleur de mes lèvres.*

*« Est-ce que tu veux essayer un sex-toy ou c'est bon pour toi, pour aujourd'hui ? »*

*Allongée sur le canapé en cuir usé, les jambes largement écartées et la tête balancée en arrière, j'ai d'abord senti ses doigts délicats cherchant l'ouverture de mon sexe inexpérimenté, puis le latex lubrifié d'une verge factice pénétrant en mouvements circulaires dans mon sexe humide. Au-dessus de mes gémissements non feints, il a chuchoté : « C'est ça que je cherche, tu vois. Je me fous des bimbos qui font des performances avec trois pénis dans le cul, ce que je veux, c'est du plaisir, du rose, de l'humide. Je veux que les filles mouillent vraiment, qu'elles viennent ici pour prendre leur pied, qu'elles donnent de leur personne. Allez, rhabille-toi, je vais te montrer les photos », me laissant haletante avec mon sexe dégoulinant et mon vertige derrière les cuisses.*

*Devant son ordinateur, il m'a expliqué que la verge dans ma bouche et le jouet dans mon sexe, ça n'était pas pour me faire jouir, c'était simplement pour la fiche casting, mais aussi – et surtout – pour que je réalise l'ampleur de mon engagement. Que je sois vraiment sûre. Que je prenne conscience de ce corps possiblement dénudé, de mes orifices impudiques, avant de prendre ma décision.*

*« Est-ce que tu es sûre ? Est-ce que tu es sûre ma chérie que tu es prête à répondre à ta mère qui pleurera à genoux, blessée d'avoir vu sa petite fille adorée faire l'amour derrière un écran, est-ce que tu es prête à répondre à ton père qui déclarera son déshonneur et*

*sa honte avec sévérité parce que tu sais bien, ma chérie, dans notre société, le corps des petites filles appartient à leur papa. Est-ce que tu es prête à répondre à tes futurs enfants qui te demanderont maman, pourquoi on voit tes fesses dans l'ordinateur, hein, maman, tu n'as pas froid aux fesses comme ça ? »*

*Prête ? Oui. J'étais prête. Brûlante. Incapable d'achever mon désir insolent derrière l'écran de mon ordinateur, il ne pouvait en être autrement. Désir. Ivresse. Fièvre. Au-dessus de toutes les autres considérations. Brûler pour ne pas m'éteindre. Jouir pour ne pas mourir.*

*Mère, père et enfants n'en sauraient rien à cause de leurs paupières fermées, à cause du mépris et de l'oubli.*

*Mère avait choisi de détourner les yeux pour se sauver de la folie.*

*Père avait disparu, laissant derrière lui un gouffre, un vide, l'écho de mes prières résonnant contre les murs de l'absence.*

*Enfants n'existeraient probablement jamais parce que, de toute façon, je me sentais incapable d'être une mère d'enfants avec mon corps égoïste et mes plaisirs insensés.*

J'AI MAL À MON CORPS devenu mère, enveloppe creusée de laquelle n'émergent plus que des tremblements acerbes. Corps privé de sa force. De cette grossesse achevée dans les cris les larmes la douleur, je saigne encore, je saigne toujours, de ce sang épais qui signifie l'absence. Je laisse mon empreinte dans cette maternité aux mille corps hurlants, caillots de sang sur carreaux blancs, artiste de mon corps malade en position accroupie, déféquant les restes de mon œuvre déjà vivante dans la salle de bains immaculée.

Je ne peux envisager l'après de mon ventre. Là, je ne peux même pas effleurer, parce qu'au contact de la boursouflure que je perçois sous mes doigts, c'est toujours le même vertige, toujours la même folie, la salle de bains qui virevolte, le souffle court et mes jambes rompues.

Mon corps qui tombe.

Ils, elles disaient qu'on oublie la douleur quand le bébé devient vivant. Menteurs. Menteuses. Ou alors c'est moi qui ne sais pas oublier. J'ai mal et je saigne de mon corps en morceaux.

Là-bas, je perçois un miaulement allongé, est-ce mon bébé à moi qui pleure, est-ce le bébé à côté de mon lit, celui que mon corps ne protège plus, cette chose minuscule arrachée à moi ? Non. Je délire. Mon bébé dort, sous ses paupières gonflées. C'est un autre bébé dans une autre chambre, avec une autre mère.

Ils, elles disaient qu'une mère reconnaît le pleur de son bébé parmi tous les bébés du monde. Menteurs. Menteuses. Ou alors c'est moi qui ne sais pas être une mère.

J'ai mal d'être en morceaux. Éparpillée. J'ai mal à en crever.

Le bébé mien dort, encore et encore, dans un lit transparent bordé de draps roses, un bonnet sur la tête et les poings fermés, sursautant quelquefois de ne rien pouvoir agripper. Elle est si petite, si fragile, elle sourit en dormant, émet des chuchotements, infimes bruissements de sa vie devenue vraie. Est-ce qu'elle va mourir, est-ce qu'il va lui arriver la mort maintenant qu'elle est entière, à la merci du dehors et de ses agressions, est-ce qu'elle va cesser de respirer, est-ce que je dois éviter de laisser mon cœur bondir en la regardant, est-ce que je dois la tenir éloignée de moi au cas où ? Au cas où elle disparaisse. Comment pourrais-je survivre si elle devenait un corps disparu ?

J'ai dans le ventre des rebuts de chagrin.

Plusieurs fois par jour, ils pénètrent ma chambre et mon délire pour toucher l'après de mon ventre, surveiller, évaluer, *« écartez les jambes, détendez-vous, vous êtes trop tendue, mademoiselle »*. À plusieurs reprises, ils compressent mon ventre et n'en ont que faire des larmes qui m'aveuglent et des vagues qui m'étouffent. Ils réarrangent le filet sous mes fesses et quittent la pièce en se demandant pourquoi elle n'est pas contente encore, cette femme devenue mère.

J'ai mal.

*Je me souviens d'une pièce austère aux murs tapissés de motifs réguliers et jaunis, les sols carrelés dessinant des formes géométriques d'un orange suranné, et mon corps posé en angle droit contre le dossier d'une chaise en bois, portant mon visage vers le grand miroir en face, comme détaché du reste. Je me souviens aussi d'un peigne que mes yeux s'adonnaient à fixer sans sourciller, imprimé au fer rouge dans ma mémoire. Peut-être pour tenter d'oublier la mère à l'œil noir dents serrées qui le tient. Elle était toujours en colère, la mère, du lever au coucher. Elle hurlait et accusait, fustigeait et frappait, parce qu'avec tous ces enfants à grandir, il y avait toujours quelque chose à hurler. Et même quand je m'appliquais à rendre son quotidien vivable, astiquant sols et sanitaires, transpirant sous la tâche domestique pour gagner peut-être un jour une seconde une minute le silence de la mère – son amour –, il y avait toujours quelque chose à hurler. Je n'étais qu'une enfant et ne pouvais donc comprendre qu'elle beuglait à huis clos toutes les choses qu'elle devait tenir en joue à l'extérieur : bouches à nourrir, pénibilité d'un travail dégradant, mendicité dans des associations bardées d'âmes bienveillantes, toujours quémander pleurer supplier, baisser la tête sous la honte pour nourrir une descendance intarissable, lui faire becter le pain d'épices de la charité et supporter sa moue de dégoût, lui souffler qu'un jour, promis, il y aurait une télévision et un magnétoscope dans cet appartement et même un père Noël qui offrirait un peu plus que cinq francs dans un chausson. Je n'étais alors qu'une enfant, je ne pouvais pas comprendre que les cris et les coups n'avaient pour fonction que de renverser l'humiliation et les rôles, et que rien, dans mes efforts incessants, ne pouvait apaiser la fureur de la mère.*

*Ce soir-là, encore, ses sourcils épais se fronçaient sous la rage, sombres promesses de violence imprimées sur son visage marqué. Sous ses gestes rapides, elle entreprenait de démêler mes cheveux trop bouclés en pestant sans retenue. « Il faut souffrir pour être belle », disait-elle d'ordinaire, quand elle était de bonne humeur, les jours heureux où nous étions ensemble et que je lui disais « arrête maman, arrête tu me fais mal », des boules de sanglots en cascade dans la gorge. Mais cette fois-là, le visage trempé de larmes, je savais qu'il valait mieux me taire et ne pas lâcher le peigne des yeux, me maintenir immobile pour ne plus sentir combien mon corps était de trop sous ses gestes amples, vifs et douloureux. Je savais qu'il valait mieux serrer les lèvres, étouffer ma douleur, car le moindre soupir provoquerait chez elle des gestes plus violents encore, elle tirerait sans doute plus fort sur ma tête, m'arrachant quelques poignées de cheveux, faisant brutalement plier mon cou sous la démence de sa colère, et me dirait peut-être :*

*« Reste là tu m'entends, arrête de bouger ou tu t'en prends une. »*

*Toute l'humiliation de sa condition déversée dans les gestes maternels.*

*Tout mon corps enfantin, pour être acceptable, devait être immobile, sage, silencieux. Discipliné, sans débordements ni ratures. Salie, décoiffée, mal fagotée, j'aurais été une égratignure sans pardon sur sa vie tirée à quatre épingles, une âme en désordre. On le voit bien sur nos vieilles photos ; ce corps tiraillé de tant de perfection, les yeux bridés d'avoir les cheveux si bien tirés sur le haut de mon crâne. Même mes tenues étaient impeccables, lissées par les séances nocturnes d'un repassage incontournable, valant parfois des hurlements dans mes oreilles qui ont un jour cessé d'entendre.*

*L'enfant à qui on a interdit le désordre est devenu corps malade, oreilles malentendantes, vue défaillante, croissance perturbée, échine cabossée, genoux tordus, corps exilé des autres, attendant l'amour maternel dans des couloirs d'hôpital aux allures de sanctuaire. Je me revois, une matinée, avant d'entrer en salle opératoire pour une intervention bénigne, immobile face au miroir de ma chambre, fascinée par le contraste entre mes cheveux châtain foncé et la blouse blanche recouvrant mon corps malade. Je me trouvais belle. J'évoluais ensuite lentement dans la pièce aux contours minimalistes, sublimant ma solitude et contemplant avec délectation mon statut d'infirme, en exagérant même les symptômes. Mais, au-dessus de toutes les joies de mon état, demeurait le visage de la mère quand les vapeurs de l'anesthésie s'estompaient. Puis les figurines achetées rapidement dans la boutique de l'hôpital que je caressais longuement, ce sentiment de plénitude et d'entièreté quand nous partions toutes les deux, main dans la main, en direction de l'hôpital et qu'elle m'offrait des flots d'amour pour que je n'aie pas peur. Il y eut même ce jour où je me lestai par inadvertance d'un carré de chocolat alors que l'opération prévoyait que je reste à jeun. La sourde peur de demeurer éteinte sur un lit d'hôpital me fit lui avouer la faute. Elle haussa les épaules, me rassurant sur la futilité du geste et puis rit, quand je formulai avec grandiloquence la phrase suivante : « En fait, on peut dire qu'il y a juste du coulis de chocolat qui dégouline sur les parois de mon estomac vide. » Instants de bonheur dans une enfance fangeuse : cet infime rire en photographie mentale dans mon esprit en devenir.*

*J'aurais voulu passer ma vie dans un lit d'hôpital, passer cette vie à attendre sa venue, zieuter la porte et mes cheveux au-dessus de la blouse blanche, me gaver de la joie de sa présence, caresser ses cadeaux et lui conter mes pensées, j'aurais voulu rester là, mais c'était bien trop court à chaque fois. J'y restais tout au plus trois jours avant de revenir à la vie, cherchant par quel moyen aggraver mes bénins problèmes de santé et devenir l'aimée d'une mère exigeante. Alors je rêvais éveillée de demeurer un corps infirme, imaginant mon corps criblé de balles sous la détresse maternelle ou bien rompu de mille fractures ouvertes qu'un accident de la route aurait provoqué. Être un corps obéissant me valait une grande passion pour la lecture ainsi qu'une imagination sans bornes ; dans ma solitude, j'inventais l'histoire de mon corps insoumis et celui-ci ne me semblait acceptable qu'en condition accidentée.*

*Il a fallu attendre qu'un être en gestation prenne place en moi pour qu'enfin je sois prête à célébrer la liberté d'être un corps désordonné. Mais ils m'ont cloué au sol, m'ont placé là comme les milliers d'autres corps allongés qui, dans un élan collectif de peuplement universel, se sont relevés sous les ordres, concentrés et obéissants, la vulve béante sur un nouvel enfant à grandir.*

JE N'AI PLUS DE BIBERONS. Je sonne. Je sonne. Mais personne ne répond à l'appel de mon doigt désespéré sur le bouton rouge de la télécommande. Affamée, la petite fille pleure et tourne la tête vers mes seins, poussant un cri animal qui me tire de la folie. Peut-être que c'est à cause de l'odeur nourricière, rappel des origines amniotiques. Peut-être qu'elle est la plus forte du monde et qu'elle sait comment survivre quand je m'égare dans la mort. Ou peut-être que c'est à cause des comprimés que je n'ai pas encore pris pour stopper la montée de lait, et mon pyjama qui a des taches mouillées.

Maladroitement, je libère mon sein replet, elle l'attrape et le tète avec l'empressement de celle qui sait, me soulageant par la même occasion d'un engorgement à venir. Puis s'endort, repue, contre mon corps réconcilié. Je n'en reviens pas que, toutes les deux, nous ayons réussi ça. Rien que nous.

Elle toute seule, alors qu'elle a encore les yeux aveugles.

Toutes mes certitudes sont ébranlées par cet être minuscule qui a l'air de savoir tout ce que je ne sais pas, tout ce qui me fait mal.

Elle sait là où moi j'ai mal, où je bascule, trébuche. Je vacille dans l'hésitation.

Lui et moi, corps silencieux éreintés par l'absurde, penchés sur son berceau en alternant larmes et sourires, nous ne savons plus rien. Alors qu'elle.

SON CORPS au milieu des autres corps qui hurlent. Le mien au milieu des autres corps flétris. Ici, c'est la nurserie et c'est la tournée du matin, la tournée des soins et des bains, les corps d'enfants utilisés pour que pères et mères s'initient à l'hygiène des oreilles et des plis dérobés.

Je titube, de mon corps prêt à s'évanouir alors c'est lui, le père, qui apprend, attentif et concentré, les manœuvres pour manipuler un être humain débutant, sans le casser, sans l'abîmer. Moi, je regarde, immobile, invariable, avec mes jambes chétives et mon ventre à l'envers.

Elle pleure parce qu'elle dormait paisiblement dans son berceau, mais « *c'est l'heure, petite, c'est l'heure du bain et du savon. Ne pleure pas sinon je pleure aussi, regarde petite, j'ai des larmes au bord des yeux depuis que tu es devenue un bébé en pyjama, je me demande si ce n'était pas une erreur de vouloir devenir ta maman, peut-être que je ne saurais jamais te consoler, c'est l'heure, petite, c'est l'heure. S'il te plaît, ne pleure pas* ».

*« Déshabillez-la, la pièce doit être chauffée à vingt-quatre degrés et l'eau à trente-huit et pas le contraire, sinon elle peut mourir de froid, n'oubliez pas, préparez ses vêtements les cotons tiges les cotons la couche les compresses les serviettes le thermomètre le liniment le savon la brosse à cheveux, c'est qu'elle en a, des cheveux, la vôtre, ouh ! la, la, posez deux serviettes sur la table à langer parce que quand vous la sortirez du bain, la première sera mouillée alors vous l'enlèverez et vous utiliserez la deuxième, vous comprenez, vous me suivez, mais non, vous allez y arriver, pourquoi vous tremblez comme ça ? Faites couler l'eau, on va la mettre dedans. »*

Lui, il immerge le corps contracté, et ses grandes mains n'ont pas peur, je le vois bien. L'enfant, elle, ferme les yeux et se déplie lentement sous les miens, embués. *« Regardez-la, mademoiselle, elle est comme dans votre ventre, ne pleurez pas, pourquoi vous pleurez comme ça ? Les bébés adorent l'eau, ça les détend, ils retrouvent des sensations connues. »* Mais qu'est-ce qu'elle a, cette mère dingue ?

Lui la berce dans l'eau pendant que j'essaie de retenir tous les gestes dans ma tête parce que j'ai peur, j'ai si peur de ne pas savoir faire et de la faire tomber de mes mains hésitantes. Elle est si frêle, elle s'éclaterait le crâne au fond de la baignoire si je la lâchais. Mais je ne retiens rien, tout m'échappe et glisse sur moi parce que je n'y vois rien avec mes yeux brouillés et mes tétons qui pleurent.

*« Sortez-la du bain, doucement, elle va pleurer, c'est normal, n'hésitez pas à la rassurer, parlez-lui, enveloppez-la vite pour qu'elle n'ait pas froid,*

*séchez-la, doucement.* » Température, nettoyage du cordon, nettoyage des oreilles, séchage des plis, massage, couche, body, pyjama, cheveux, au suivant. Bravo. Vous êtes des parents formidables. Aux suivants.

*Quand la mère a su que je consacrais quelques après-midi par mois à me rendre désirable et à faire jouir des hommes derrière leur ordinateur, elle a dit : « Je ne comprends pas pourquoi tu fais ça alors que tu es belle et intelligente, tu pourrais faire tellement d'autres choses. Tu vaux tellement mieux que ça. » C'est qu'elle ne savait pas que, dans le travail du sexe, il y a des personnes qui savent penser et baiser en même temps, elle ne savait pas qu'on peut réfléchir avec sa tête, même avec des fluides au bord des lèvres. Ce qu'elle pensait en réalité, c'est qu'une actrice de cinéma pornographique ne peut être qu'un corps égaré, droguée, battue, pute, qui n'a rien trouvé de mieux à faire, rien de plus respectable pour cette vie à vivre quand même. Alors c'est sûr, pour une mère aveugle à qui on ouvrait les yeux de force, c'était difficile à accepter. Elle aurait probablement préféré s'enorgueillir de la brillante carrière de sa descendante, venue jusqu'à la grande ville avec une vieille valise et quelques centaines d'euros pour devenir cheffe de service d'une grande chaîne de distribution, mère de trois enfants inscrits au cheval et à la danse, mariée à un ingénieur et propriétaire d'un pavillon clôturé. Elle aurait aimé conter l'épopée fantastique de cette fille qu'elle avait éduquée à la dure, c'est certain. Au lieu de ça, je l'avais invitée à dîner pour échanger autour de ma nouvelle vocation, et elle s'était alors entendue dire que je m'épanouissais depuis que je pouvais prendre du plaisir sans entraves. D'ailleurs, avait-elle lu avant de venir, je baisais avec grâce et élégance, j'avais ça dans la peau, je ne faisais pas semblant, je jouissais pour de vrai.*

*Mais non. Définitivement non. S'épanouir de la publicité de ses orifices quand on est une femme respectable n'est pas entendable. Une femme doit se destiner au mariage et à la reproduction, mettre du fard sur les paupières et des talons aux pieds, savoir être sexy et s'allonger sous les coups de reins, aimer ça et l'assumer, mais pas trop fort quand même, pour ne pas réveiller les voisins et tous ces hommes fous qui ne savent que faire de leur sexe entre les jambes – sinon ce sont des salopes ; si elles crient leur plaisir en dehors du domicile conjugal, si elles portent des jupes courtes, si elles laissent dépasser la chair de leurs seins, c'est que ce sont des salopes, sinon elles se tairaient.*

*Je ne pouvais pas être un corps respectable si je le montrais avec des verges à l'intérieur. C'était sémantiquement incompatible. Les corps respectables ne se dévêtissent pas, les corps respectables rasent les poils qui contaminent les peaux vierges et candides des filles trop femmes, les corps respectables ne baisent pas pour leur plaisir égoïste. Le corps des femmes est appelé à plaire aux hommes, à faire bander les sexes d'hommes, surtout celui qui nous choisit, à jouir explicitement pour l'homme consacré et ce jusqu'à une limite définie par lui. L'homme. Les femmes n'ont pas vocation à se donner en spectacle en faisant les putes sur le marché du plaisir.*

*J'aurais pu confier à la mère endeuillée combien je me sentais forte et vivante devant la caméra, comment j'avais réussi à me tenir à distance de tous les désaxés en plaçant un écran entre eux et moi, j'aurais pu lui dire combien je me sentais en sécurité d'être devenue virtuelle, corps emprunté quelques minutes sans que je ne le perde, corps décidé à jouer le jeu de la contrainte pour ne plus avoir à la subir, ma peau intacte de leur foutre répandu en giclées malodorantes. J'aurais pu lui dire que le métier de caissière est aussi, sinon plus, un métier dégradant, même sans corps nus derrière les caisses : il y a les troubles musculo-squelettiques naissants, les bas salaires, la pression des dirigeants, les gestes minutés et la vidéosurveillance, l'épuisement, les burn-out, les mères cernées et les billets juste touchés et vite envoyés à ceux d'en haut, tout en haut de l'échelle sociale. J'aurais pu lui avouer, à la mère déconfite, que depuis que je me masturbais devant une caméra, j'avais le sentiment d'être un corps libéré, d'être seule apte à décider de l'utilisation de mes organes génitaux. J'aurais pu lui dire que, tout à coup, être une femme n'était ni ma nature, ni ma culture, mais juste un jeu, un spectacle servant à mettre en scène mon plaisir.*

*Elle n'aurait toujours pas compris. Car Femme n'est pas un genre mais une fonction sociale : les femmes qui baisent plusieurs hommes, celles qui n'aiment que les femmes, celles qui décident de porter un hijab, celles qui tarifient leurs relations sexuelles, toutes ces femmes-là qui ne servent pas l'homme et son pénis entre les jambes, toutes ces femmes-là ne sont pas vraiment des femmes aux yeux de ceux qui s'octroient le droit de valider leur existence. Il y aura donc toujours, quelque part derrière moi, cette voix qui me dira quoi faire avec mon corps et mon vagin pour être une femme digne de ce nom.*

*Alors je me suis tue, et maman a pleuré.*

« DÉCIDEZ-VOUS VITE », c'est tout ce qu'ils me demandent.

Depuis deux jours, il y a ce comprimé blanc qui trône sur la table de chevet, prenant la poussière en attendant d'être ingéré, destiné à interrompre le mécanisme naturel de la lactation, et à empêcher le lait de se déverser hors de mes seins.

Je ne sais que faire de mon pyjama humide, pourtant.

Je ne sais que faire de ces hésitations assassines qui flottent dans l'air.

Ce petit corps savant me bouscule.

Je suis terrorisée par ce qui sourd de mes tripes quand je la regarde. Ce qui coule de mes seins quand je l'entends. Ce matin encore, alors que je me penchais sur son berceau, touchée dans tout mon être par ce paradoxe effroyable entre puissance et vulnérabilité, j'ai eu cette drôle de sensation sur la peau épaisse de mon ventre. Infime et étrange fraîcheur. J'ai baissé les yeux pour découvrir que de grosses gouttes blanches et laiteuses perlaient et dégoulinaient de mes seins, et je me suis souvenue des mots d'une sage-femme rencontrée pendant ma grossesse : « *La production de lait est liée à la succion du nourrisson, mais aussi et surtout à la production d'ocytocine qui s'active grâce à l'attachement qui se crée entre le bébé et sa maman. Il arrive que des mamans aient des fuites de lait dès qu'elles entendent pleurer un nouveau-né* », me disait-elle alors que je me dégoûtais d'imaginer des fluides s'échapper de mon décolleté. Aujourd'hui, c'est différent. Je suis autre. Subjuguée par la constatation de mon corps amoureux, je ne peux en être que la spectatrice passive. Alors que je tente de retenir la fougue qui me prend à la vue de mon bébé, et cette peur nouvelle de la perdre maintenant qu'elle est à l'extérieur de moi, je ne contrôle plus rien.

Face à la terreur, il y a mes seins qui ruissellent en coulées fines jusqu'à mes cuisses et cette petite fille qui bouleverse tous mes acquis, tous mes réflexes. Je me penche vers elle, la porte à mon sein et la laisse m'apprendre les gestes qui me paraissaient si abrupts il y a seulement quelques heures. Je songe au chemin parcouru, à la vie qu'elle s'est fabriquée toute seule alors que je n'ai fait qu'être vivante, je pense à la force que j'ai égarée, là-haut, dans la salle aux machines performantes, et je la regarde, sidérée, être forte à ma place.

J'ai l'émotion en stationnement immobile dans ma poitrine depuis qu'elle est devenue vraiment vivante, vraiment réelle. Je me sens si fragile, petite fille à l'équilibre précaire. J'ai l'impression de pouvoir éclater en sanglots à la moindre occasion, mais je contiens ma douleur, parce que le cliché du *baby-blues* m'effraie. Je ne veux pas voir ma peine enfermée dans une case hormonale alors je la fais taire ou détourne la tête quand elle m'assaille malgré tout.

*« Décidez-vous vite, mademoiselle, la montée de lait va bientôt arriver. »*

Dans mon immense vulnérabilité, après mon corps mutilé, inhabité, mes seins gorgés de lait sont tout ce qui me reste de puissance et de force. Ils sont capables. Ils sont nourriciers. Ils peuvent répondre aux besoins élémentaires de cet être vivant posé là, à côté de mon corps dingue. Je peux calmer ses pleurs et ses frayeurs, la faire survivre, la faire grandir, la laisser faire. Mes seins sont pleins, abondants, et je ressens à présent cet amour dans mes tripes, cet amour qui gorge ma poitrine d'un or blanc, déversé ensuite dans un acte généreux. Magie perpétuelle. C'est l'odeur, la reconnaissance, le lien qui n'a même pas de mots ou de millilitres pour s'expliquer. Je fais vivre un être humain. Je tremble face à lui.

La trouille me paralyse pourtant, comment fait-on pour nourrir son enfant avec son corps ? Je n'avais pas du tout prévu cette bouffée d'amour qui me broie maintenant de l'intérieur et ma gorge brisée de larmes, ça n'était pas du tout prévu, ce corps chétif qui tourne la tête parce qu'il sait tout ça, nous devions juste lui enfiler un pyjama et l'abreuver avec un biberon, l'installer dans un couffin et présenter le cliché de notre vie réussie à notre entourage. Mais comment fait-on, une fois rentrés à la maison, comment fait-on quand il ne reste que nos corps esseulés et les nuits à huis clos, que plus personne n'est là pour débarquer dans la chambre quand nous nous égarons dans les coulisses de la parentalité ? Comment vivra-t-elle mes maladresses, sera-t-elle perturbée, va-t-elle comprendre que sa mère est siphonnée de n'avoir pas su l'aimer tout de suite et d'avoir été foudroyée d'amour ensuite ?

*« Décidez-vous, mademoiselle, votre pyjama est trempé. »*

Lui dit que c'est moi qui décide, que c'est mon corps, mes seins, mon désir. Et si les tétines restent en plastique, il pourra la nourrir la nuit, pour que je ne sois pas mère épuisée qui ne sait pas faire naître les bébés. Eux sont autour du lit, prennent des photos et se troquent le bébé en riant, parce qu'ils sont devenus grand-mère, tantes, oncles. Ils la veulent féroce, la photo avec le bébé en pyjama. La perpétuation de la lignée familiale, matérialisée par des rires figés sur du papier glacé. J'ai peur. Est-ce qu'on peut mourir d'être seule et épuisée dans la nuit noire quand plus personne n'est là pour rire ? Est-ce que.

Comprimée dans les larmes et les regrets, je porte le cachet à ma bouche. Dans ma gorge, dans mon ventre. Tuer l'amour dans l'œuf. Assassiner la passion qui fait pleurer mes seins. En souvenir de ma folie, me rendre stérile d'amour. Me bâillonner, me faire taire. Sauver l'enfant de mon exubérance, peut-être.

Elles déambulent en claudiquant de chambre en chambre, me donnent des conseils, plein de conseils, veillent au bon état de santé de mon vagin béant et à la remise en place de mon utérus vide, appuient sur mon ventre et m'apportent des biberons ; elles parlent fort en entrant dans les chambres, ouvrent les volets quand les matins se lèvent et s'enquièrent d'une voix joviale de mon humeur du jour en apportant du pain rance et du beurre, mais l'épaule amie dont j'ai besoin pour accompagner cette folie d'être mère s'incarne dans l'absence. Elles n'écoutent pas mes réponses et me laissent là, avec mes sanglots dans la gorge et mes questions égarées.

NOUS RENTRONS À LA MAISON. Corps ordinaires louvoyant dans le couloir aux couleurs pastel de la maternité, nous empruntons le chemin d'avant le corps d'après en sens inverse, pour laisser la place à d'autres corps encore pleins. D'autres corps qui suffoquent, entre tremblements et supplications, dans l'attente de devenir des orphelins volontaires, portant à leur tour les stigmates d'une vie réussie.

Elle est corps confondu dans ce siège auto dernière génération, et moi je frissonne parce qu'il m'effraie, ce monde prêt à gerber sa gouaille derrière l'immense baie vitrée. Le monde des hommes, femmes, voitures, brouhaha, poussières qui envahissent mon silence, ma folie, mon incompétence. Il y a quatre jours encore, il me suffisait d'être vivante à l'envers du couloir vert anis, le ventre proéminent et les sanglots en désordre. Désormais, je peux tout sur cet enfant miniature, même la mort si j'oublie ce qu'ils ont dit, dans la chambre et la nurserie.

Il me suffit d'un geste. Elle meurt. Je tue. Lui fracasse le crâne.

*« Biberon à la demande, nettoyage du cordon, reposez-vous, ne la laissez pas pleurer, attention aux*

*coliques, prenez bien vos comprimés, et la contraception, n'oubliez pas votre rendez-vous postnatal, et la vitamine D pour le bébé, les croûtes de lait, appelez-nous s'il y a un souci, faites-vous confiance, n'oubliez pas les visites obligatoires chez le médecin, et la rééducation périnéale, aussi, prenez de bonnes habitudes dès le début, ne la portez pas trop parce que vous allez en faire une capricieuse, ne la mettez surtout pas dans votre lit sinon c'est la mort de votre couple et peut-être du bébé aussi, mangez équilibré, tenez-lui bien la tête, testez la température du lait sur votre poignet, c'est très important, pensez bien à la déclaration à la CAF, n'utilisez pas de couverture, couchez-la sur le dos, utilisez du liniment et faites-lui des massages, c'est bien, les massages.* »

Je peux tout sur cet enfant qui dort sans se soucier de la peur et de sa tête qui ne tient pas toute seule. J'étais femme puissante et célébrée, je suis devenue corps esseulé, je peux tomber n'importe quand, au premier coup de vent, chanceler et sombrer, l'emporter avec moi dans la mort. C'est vertigineux de suffisance.

Il faut maintenant courir pour ne rien oublier. Aller chercher des choses, plein de choses, à la pharmacie, des sacs remplis de boîtes gouttes comprimés compresses, bousculer la nuit pour conjurer la frayeur de me faire renverser au milieu des klaxons azimutés et de mourir avant d'avoir pu être mère, la frayeur de l'abandonner aux portes de la vie, tout ça pour un détour à la pharmacie au milieu de la vie infernale qui ne cesse jamais. Je suis perdue. Il faut maintenant courir pour se sauver de la ville bruyante et de ses agressions nocturnes, vite rentrer à la maison, échapper aux fantômes qui me voudraient dans l'ombre, faire des lessives, dîner, lui tenir la main pour vérifier la véracité de cette vie devenue étrangère, ou rester en équilibre peut-être, mettre de l'ordre, nettoyer ma vulve blessée, m'agripper aux murs qui virevoltent, chauffer la maison, mais pas trop, sinon elle pourrait mourir et ce serait dommage avec cette vie à peine entamée. J'ai tant de choses à faire pour ne pas m'effondrer. Nous avons tant de choses à faire avant que.

Avant que l'enfant ne se réveille et pleure pleure pleure alors que nous ne savons que faire. Nous la porterons en lui caressant le ventre et marcherons à pas lents et réguliers, de la chambre au salon et du salon à la chambre, sans discontinuer, nous marcherons en lui murmurant des mots éreintés, en caressant son cou replié, nous lui chanterons des mélodies inventées, nous resterons éveillés des nuits entières pour que surtout, surtout, l'enfant ne meure pas.

EXISTE-T-IL UN LIEU où des adultes savent mieux que moi ce qu'est être une mère, un lieu où l'on peut déposer les nourrissons dont on ne sait s'occuper ? Peut-on tout annuler, le coït, l'urine, le ventre opulent et les sourires ? Puis-je redevenir un corps vierge d'enfant, revenir en arrière, changer d'avis ? Qui sont les personnes qui veillent sur les bébés à la place des mères qui pleurent sans arrêt, celles qui pleurent si fort de leur corps entravé ? Il doit bien y avoir des solutions pour régler tous les problèmes des mères incapables.

Demain, quand le jour sera né, je me renseignerai.

Pour l'heure, il fait nuit, la folle ville vibre encore de ceux qui vagabondent leur insouciance sur les trottoirs édentés, et moi je ne sais plus combien de doses de lait je compte dans la nuit, je ne me souviens de rien, je ne sais plus si elle respire, je ne sais plus si un jour je vais encore dormir, je ne sais plus si mon corps peut encore.

Être vivant.

Elle déchire de ses cris la nuit grave, alors je traîne mes pas sur le carrelage glacé pour réchauffer son biberon. C'est à mon tour, cette fois-ci, peut-être qu'elle dormira ensuite, quinze minutes sans doute, puis elle hurlera encore et je prierai en silence même si je n'ai jamais prié. Intérieurement, je lui dirai « *mon amour, je t'en supplie, dors, dors, dors, je n'en peux plus, je crois que je ne peux pas être ta mère, je n'y arrive pas, tu mérites une mère plus mère que moi* », je la caresserai avec mon bras échappé du lit et elle, dans son berceau, elle ne dormira pas.

Avec mille remords, je la prendrai avec moi sous les draps – parce que grâce à l'odeur de ma poitrine contre son visage, le rappel des origines, elle dormira peut-être –, mais j'aurai tellement peur de la faire mourir. Ils ont dit : « *surtout, ne dormez pas avec votre bébé, il peut cesser de respirer* », et puis j'y pense souvent, à ce corps froid et bleu sur lequel j'ai lâché une rose avant qu'il ne glisse dans la fosse pour l'éternité malgré les hurlements d'une mère qui ne guérira jamais. Alors je me lève et, dans cette nuit enveloppée d'un blanc silence, je la place dans une écharpe de portage. Tout contre moi elle s'endort, contre moi elle se rassemble. Nous sommes corps en harmonie qui retrouvent leur puissance d'être ensemble après avoir été éparpillés. Elle s'endort, et je m'assois sur le sofa, corps soulagé, abandonné. Je m'endors aussi.

Sans le vouloir, je m'endors.

Je ne voulais pas dormir, je voulais simplement la veiller jusqu'au matin déployé. Je voulais simplement vaincre la nuit qui ne s'éteint jamais, être une mère qui calme les pleurs et la détresse d'être vivante, je voulais écouter son sommeil et regarder ses rêves en attendant la lumière.

Je voulais triompher dans le silence, mais ça ne s'est pas passé comme ça. Je me suis endormie et nos corps enlacés sont tombés. Alors elle a hurlé d'être étouffée sous le tissu épais de l'écharpe de portage.

*C'ÉTAIT UN HIVER FROID au milieu des années quatre-vingt-dix. Ce matin-là, des fleurs arrondies étaient posées sur l'étagère, à côté de la mère aux yeux absents. Mon petit frère sur ses genoux, ça m'avait surprise, jamais les corps n'avaient été si proches. « Peut-être que mamie est morte », m'étais-je dit d'abord. Elle était vieille et, quand on est vieux, on meurt, c'est normal. On remporte des bouquets de chrysanthèmes pour avoir triomphé d'une vie bien vécue, c'est normal. Les gerbes de fleurs sont peut-être là pour colorer le paradis parce que du blanc partout, même si on est vieux et mort, ça ne doit pas être très rigolo, avais-je pensé.*

*Mais non, ce n'était pas ma vieille grand-mère.*

*Elle, elle était bien vivante, hurlant sur un balcon qu'elle voulait vraiment mourir et que Dieu s'était trompé, c'est elle qui aurait dû disparaître. Mais ça n'était pas elle, cette fois, qui apporterait les fleurs au petit Jésus.*

*C'était lui, même s'il était trop petit pour tenir un si grand bouquet dans ses mains.*

*Il avait trois mois. Il était devenu corps disparu. Mort Subite du Nourrisson.*

*J'avais huit ans. Je ne comprenais pas grand-chose à cette mort qui vole des trop petits pour mourir et qui abandonne des grands-mères en sanglots sur des balcons impudiques. Je ne comprenais rien à cette mort sans raison. Mort subite, qu'est-ce que ça signifie pour de vrai ? L'instant d'avant nous sommes vivants et, l'instant d'après, nous sommes morts. Comme ça. Subitement. Un corps d'avant vivant, un corps d'après mort froid bleu. Arrêté. Un instant d'avant, une mère, un père. Un instant d'après, plus rien.*

*Petit corps, minuscule corps dans une vulgaire boîte en bois.*

*On n'y comprenait rien, personne n'y comprenait rien. Les cris des âmes blessées formaient un grand nuage de vapeur au-dessus des vivants, dans le froid véritable de cet hiver devenu solitaire. Je ne savais que faire de ces vagues dans ma poitrine, de ces genoux en compote, du tourbillon dans ma tête, alors j'ai laissé tomber mon corps dans les bras de la mère, grand corps dans les bras d'une minuscule mère qui m'a vite repoussée parce que peut-être – je ne sais pas –, peut-être que j'étais trop lourde pour elle. Peut-être qu'elle n'aimait pas que je pleure en public. Peut-être que je pleurais trop fort et que je l'écrasais avec ma peine. Je ne sais pas, je ne sais que mes larmes à l'envers, restées dans ma gorge pendant que je jouais à être forte.*

J'oublie d'avoir faim froid envie. J'oublie d'être ailleurs. J'oublie d'être moi. Je ne suis qu'avec elle, que pour elle, je suis « Elle ». Rien ne sera plus jamais comme avant.

Je la berce, l'embrasse, lui chuchote des mots et des chansons et la plonge délicatement dans l'eau, la réconciliant quelques instants, quelques minutes précieuses, avec la vie. Les mots s'égrènent de ma bouche pour couvrir ses hurlements lorsque j'extrais son corps de l'eau. C'est que ce n'est pas sa faute si nous l'avons voulu vivante, alors je dois la consoler de la blessure de son existence, de ses frissons insoutenables. Je décrotte ses pyjamas, verse du lait en poudre dans l'eau tiède et secoue énergiquement le tout, je lave régulièrement ma vulve et éponge le sang qui en abonde, je rassure ceux qui en ont besoin, *« tout va bien, elle va bien »*, parce que c'est exactement ce qu'on attend de moi, je sais que les regards s'assombriraient si j'évoquais ma lassitude. *« Quand pourrons-nous la prendre, jouer, gazouiller, la faire sauter dans les airs ? »* Ils n'ont pas envie de savoir mes seins vidés et mon vagin encore béant.

Mon corps en déconfiture, ils ne veulent pas en entendre parler, les autres gens du monde.

Pourtant, ce soir, en la déposant dans son lit, nous avions souri lui et moi à l'unisson. Faiblement, mais souri quand même. Nous avions souri à la vie qui froissait les draps sous nos yeux. Nous avions souri à la magie des lendemains qui naissent et des solitudes qui s'éteignent. Nous avions souri, fatigués, rompus aux nuits sans ivresse, des rides aux commissures des paupières. Un lendemain heureux semblait s'entrevoir, après ces premiers jours d'errance. Comme si nous savions en silence qu'un jour disparaîtraient bien sûr les matins blancs succédant aux mille nuits éponymes.

Pourtant, ce soir.

Je n'attendais pas une nuit violence.

Ses pleurs comme une brèche dans une nuit espoir.

Ses larmes comme une révolte vespérale.

J'étais à peine assoupie, dérangée de rêves aux contours indéfinissables, et ses appels dans la nuit sonnèrent là où tout confinait au silence, à la torpeur et au sommeil. Et de ce soir aux sourires, plus rien ne resta. Ni de rides pâles, ni d'espoirs infimes.

Dans mon lit, emmurée, je tremblais d'un mélange de rage et de désespoir, brisée par la monotonie de ces gestes sans cesse recommencés. Traîner le corps dans le brouillard nocturne. Trébucher sur mes pas ivres de fatigue. Courber la tête lourde vers ses larmes et ses frayeurs. Étirer les os douloureux de mon dos pour secourir ses nuits blanches. Bercer l'enfant comme une danse contrainte. Voir mes bras la lâcher, me réveiller du cauchemar éveillé.

J'en rêve, de ma solitude. Une nuit d'avant, sans larmes à consoler, sans cris à conjurer, une nuit entière pour moi, je rêve.

Dans cette nuit violence, j'ai hurlé. D'une voix terrifiée, j'ai hurlé. D'une voix connue par cœur, la voix monstrueuse de la colère qui peut tout.

J'ai hurlé même si ses yeux. Même si sa peur.

Et ce matin, petite fille presque femme, j'ai mal mal mal d'être tout entière corps imbécile. Si moi je ne peux la protéger contre la peur qui paralyse et assassine les corps debout, alors qui le pourra ? Qui le pourra. Je peux lui faire mal.

*Cette nuit-là, j'étais petite fille, grande sœur à demi endormie, quand j'ai perçu les cris étouffés derrière la porte close de ma chambre. Petit frère était déjà là avec ses larmes en brouillon et ses mots emmêlés, tirant ma couverture parce que j'étais grande sœur, la seule restante pour le sauver de la presque mort au fond du couloir. Le froid au corps, j'avançais alors à pas feutrés dans l'appartement pour ne pas éveiller les autres enfants assoupis et je vis la chose, l'évènement, avec ce petit frère à mes basques.*

*La mère invincible aux cheveux tirés, le cou brisé sous la contrainte.*

*La peur dans ses yeux, mon estomac dans la bouche, étouffant le « maman » que je voulais pleurer. Et puis ces images desquelles nous ne pourrions plus jamais détourner les yeux, la peur panique de demeurer les seuls capables de nous protéger avec une mère vaincue en héritage.*

*C'est vrai que je pouvais être une mère moi aussi, avec tous ces devoirs que je leur faisais faire et ces claques dans la tronche que je leur assénais s'ils n'obéissaient pas, ces couvertures que je remontais sur leur menton et ces baisers que je déposais sur leur front avant de sortir de leur chambre. C'est vrai que je ressemblais à une maman, mais je n'en voulais pas de ça. J'étais trop petite pour être une mère toute seule, toute petite, recroquevillée minuscule terrifiée sur le sol de la maison gelée.*

*J'étais petite fille grande sœur cet après-midi-là, de retour du collège, quelques années plus tard, corps en mutation plié sous la honte et l'amertume d'avoir été moquée par une professeure de mathématiques. Théorème de Pythagore appris par cœur, je l'avais récité sans fautes ni ratures, pourtant, elle m'avait hurlé : « Tu n'es pas là pour prier Allah, mais pour réciter ta leçon. Un peu de nerfs ! » Honte incarnée en moi sans que je comprenne bien pourquoi, avec l'intuition de payer là la couleur de ma peau pas assez blanche, alors j'ai tapé sur une chaise sous les rires adolescents, martelé l'insolence de ma colère, ne saisissant pas l'acharnement qui m'était fait alors que j'avais honoré mon catéchisme communions hosties prières depuis l'enfance. De son doigt maigre et méprisant, elle m'avait mise à la porte et, dans le couloir, j'avais répété : « dans un triangle rectangle, le carré de l'hypoténuse est égal à la somme des carrés des deux autres côtés », lui offrant la tragédie de ma rancœur et assimilant ainsi pour tous les jours de ma vie, tous les jours jusqu'à ma mort, le théorème de Pythagore. J'avais fini par m'échapper du couloir, pour fumer des cigarettes clandestinement dans les toilettes avant de rentrer, plombée d'avance par la sombre perspective d'être réprimandée pour mon impertinence. Finalement, ce fut un trou dans la porte, dévoilant les alvéoles cartonnées de sa garniture, qui m'accueillit à l'orée du foyer familial. Mère blessée, agitation, brouhaha, une journée mémorable pour nos têtes de gosses.*

*« Si je n'étais pas venue, ta mère ne serait plus là pour te parler. »*

*Elle a dit ça comme ça, la grosse dame sur le canapé, entourant de ses bras la mère recroquevillée, le visage déformé par les coups endurés.*

*Ta mère. serpillière. par terre. il.*

*Des mots perdus dans la sidération. Les sons images souvenirs se sont emmêlés, mais là non plus je n'ai pas sangloté le « maman » coincé dans mon ventre, de ça je m'en souviens. Je n'ai pas cédé. J'ai esquissé un regard vers elle avant de gagner ma chambre, bientôt rejoint par un tas de mômes bruyants, ces enfants qui ne comprenaient rien aux mères incapables de nous protéger.*

*Le lendemain, lui, qui avait cassé la porte, ne partit pas encore. Et la mère cuisinait nonchalamment le dîner du soir. Alors je savais que ça n'était là que le commencement, une sorte de suite logique à la première nuit funeste. Il me fallait donc consentir à devenir une mère acceptable pour nous tous, orphelins, une fille brillante qui sublimerait la frénésie de la colère collective. Il me fallait nous défendre contre ceux qui nous effrayaient dans la nuit.*

*J'ai décidé d'arrêter de pleurer ce jour-là. De transformer mes larmes en rage fiévreuse. Quelques heures plus tard, j'ai apporté mon carnet de liaison à la mère, lui expliquant tant bien que mal Allah Pythagore Jésus, mais elle n'y comprenait rien, la tête tout à son visage défait, alors elle m'a dit : « Peu importe si c'est injuste, tu dois obéir aux adultes, un point c'est tout. File dans ta chambre. »*

*J'étais petite fille grande sœur quand j'ai pleuré encore, mais ça n'était pas vraiment ma faute, il y avait des petits frères à sauver de l'effroi, alors j'ai choisi de dérober leurs peurs pour qu'ils n'aient qu'à se blottir contre moi en attendant la fin. La mère s'était décidée à expulser celui qui la violait frappait humiliait tous les jours et toutes les nuits, profitant de son absence pour déposer ses affaires dans le couloir et fermer à double tour la porte qu'il avait déjà brisée. À son retour, il avait toqué et quémandé une deuxième chance, la voix suppliante ; la mère avait entrouvert pour lui expliquer sa décision, mais son regard, son pied dans l'entrebâillement de la porte annonçaient un drame renouvelé, trauma déjà vécu mille fois, cris coups mère serpillière larmes enfants confusion police.*

*J'en avais assez de hurler pour déchirer la peur, pour rester en vie, de me mettre à genoux sous la terreur, alors de toutes mes forces, avec mère et frères, je poussais derrière la porte.*

*Pour qu'il n'entre pas, ne blesse pas, ne tue pas.*

*Parce qu'au fond, c'est vraiment de la mort possible que j'avais peur.*

*La mère en larmes de n'avoir pas su protéger sa marmaille, mes petits frères déchirant l'écho du grand couloir vide, la presque mort d'avant la catastrophe, c'était trop pour moi. C'était insupportable, toutes ces peines et ce vacarme dans ma tête, la rage au corps d'avoir l'impression de mourir à chaque colère. Je ne voulais pas mourir fracassée par sa furie, je ne voulais pas assister à la tragédie de la mère mise à terre alors je me suis rendue à la cuisine avec toute la véhémence que la fureur donnait à mon corps, j'ai saisi la plus grande la plus forte la plus aiguisée de toutes les lames. J'ai vomi les tremblements dans ma tête. J'ai la certitude que ce jour-là, il n'y avait rien d'autre à faire pour sauver les petits enfants qui s'effondraient derrière la porte, rien d'autre à faire pour vaincre la folie de cet instant.*

*Il a eu peur. Il est parti. J'étais petite fille grande sœur invincible qui pouvait faire taire les douleurs avec sa rage à elle. La porte a été refermée.*

*Ensuite, je ne me souviens de rien. Mais on a été sauvés.*

JE NE CESSE PAS DE PLEURER. Je pleure la musique qui ne s'arrête jamais, je pleure d'être devenue une mère incapable. J'ai mal au dos lorsque je la console. Elle est pourtant si petite. Comment peut-on avoir si mal au dos d'une créature si légère ? Je pleure les images atroces qui déferlent dans mon esprit lorsque je la prends dans mes bras ; j'entrevois sa tête brisée contre l'embrasure de la porte, son corps en train de glisser dans l'eau, étouffé dans la terreur, dieu que ça doit être terrible de crever sans pouvoir hurler, juste les yeux écarquillés par l'horreur et l'incompréhension. À cette idée, mon cœur s'emballe, j'ai les mains moites et la bouche sèche, je vois mes mains qui lâchent, mes jambes rompues, mon corps abattu, le carrelage écarlate de sa mort coagulante. Je lui demande à lui, tous les jours : « *Tu imagines si. comment ferions-nous si. elle. devenait. morte. Je pense toujours à ça, chaque seconde, crois-tu qu'un jour ça cessera, le sang dans ma tête et la mort dans mes rêves ?* » Mais lui aussi rêve debout tous les jours, les yeux ouverts sur l'effarement de la mort possible. Il ne comprend pas pourquoi ça le hante ainsi. Je pleure les bruits qu'elle produit dans son sommeil et les jets de vomi qui font vibrer son corps fragile ; je pleure la mort de ma grossesse qui fait si mal à mon corps dérobé ; je pleure de ne pouvoir laver ce corps malade aussi souvent que je le voudrais. J'aimerais plonger tout entière dans l'eau rougie du bain et fermer les yeux, disparaître, me disloquer complètement. Je pleure parce qu'elle louche et que je n'y comprends rien. Et si elle avait un problème et que je ne le percevais pas à temps, et si elle devenait morte tout à coup, et si elle était handicapée à vie ? Je l'aime déjà tellement, si follement, je pleure sa faim que je n'ai pu assouvir et ces seins qui pendent mollement d'avoir été vidés. Je pleure ma mort possible. Je pleure sa mort possible. Si je devenais moi aussi une mère disparue, que serait-elle alors.

Donner la vie, c'est rendre la mort possible en même temps. C'est terrifiant et merveilleux.

Très souvent pendant qu'elle dort, nous l'examinons, silencieux, fantomatiques, comme pour prendre conscience qu'elle existe vraiment, que tout cela est bien réel. Nous cherchons à démêler le brouillon de nos cauchemars, nous cherchons du tangible pour nous raccrocher, réaliser la véracité du merveilleux terrifiant.

Et, parfois, dans la boue de mes visions d'horreur, s'insinue une odeur, la sienne, unique, et je pressens en moi un infime bouleversement, une chute enivrante, ce petit quelque chose qui m'apprivoise. Je pressens la rencontre.

Mais aussi l'avènement d'une violence intérieure comme ultime rempart à un amour qui pourrait me noyer, m'engloutir.

*LUI ÉTAIT PORNOGRAPHE épuisé des gros plans dégoulinants de cyprine et de sperme ; moi j'étais petite gosse égarée venue se protéger de la folie des hommes derrière du maquillage et des écrans d'ordinateur. Alors, évidemment, on a vite fait de se rencontrer et de s'enlacer sur un canapé rance emprunté déjà mille fois. L'accord était clair : je voulais la paix et des orgasmes, me reposer du désir insolent de mon ventre en manque ; il voulait la tendresse et puis aussi quelques frissons charnels, juste un peu pour continuer d'être vivant malgré les sexes performants et les orgasmes simulés de l'autre côté de la caméra. Juste assez pour se faire du bien, juste ce qu'il fallait pour ne pas avoir mal, dissimuler sa peine contre ma peau et s'endormir sans cauchemars. On devait s'aimer d'amitié jusqu'à ce que l'amour nous sépare, en quelque sorte. Et ça a plutôt bien marché.*

*Il m'a appris à écouter Chopin, à jouir sans honte, m'a enseigné les orgasmes fabriqués de silence. Il m'a autorisé à rire aux éclats quand mon corps se mettait à trembler sous sa langue, et à pleurer comme un nourrisson blessé quand le plaisir se faisait furieux. Il m'a parlé d'entropie pendant des heures, amenée dans des restaurants bruyants en cancanant sur mon élégance à baiser alors que je me sentais si vulnérable au-dessus des verges prêtes à jouir, il m'a préparé des bains aux effluves fruités quand les journées étaient médiocres, il m'a protégée de mon envie d'en faire plus, toujours plus, de ce corps assoiffé. Il m'a vue danser nue dans son salon pour ses amis embourgeoisés ou bien célébrer la musique tsigane dans des bars bondés. Il m'a appris à regarder la vie avec un appareil photo, des vulves en détail, mais aussi des tristesses à soigner, et puis il m'a fait écrire des mots partout, sur des nappes déchirées et des cahiers, aussi. Parfois, il en avait assez de cette vie dingue, alors il agitait son sexe ramolli entre ses doigts et, gentiment, je venais le nicher dans ma bouche pour le sentir gonfler ; je venais consoler l'homme blessé avec quelques caresses et puis. Et puis.*

*Et puis, on s'est quittés un jour, poursuivant nos routes respectives. Mais même notre rupture a été célébrée dans la délicatesse, sans verbe acerbe ou cœurs rompus. Nous avons été l'un pour l'autre des soignants acceptables, homme et femme de charité qui apaisent et pansent les plaies béantes, l'instant d'une parenthèse murmurée entre les quatre murs d'un grand appartement bourgeois.*

« *OUI, ALLÔ, BONJOUR, je me sens vraiment mal, je voulais savoir s'il était possible de changer d'avis et d'arrêter le traitement pour l'interruption de la montée de lait, de remettre ma fille au sein même si elle a déjà huit jours. Oui, je me sens déprimée. Très déprimée. Je me sens faible. Je pleure constamment. J'ai mal à mon corps qui tremble sans s'arrêter. OK, oui. Je veux bien essayer un nouveau traitement, d'accord.* »

Je ne comprends plus rien à ce corps que je tente d'étouffer, à ces seins vidés, à ce ventre blessé, séparé de l'autre corps minuscule, secoué de spasmes et de douleurs. Je ne comprends plus rien à ces molécules que j'ingurgite pour anéantir ma force d'être une mère. Mon bébé hurle et se tord, mon bébé tend la tête vers un sein qui ne vient jamais et, moi, tous les matins, avec des aigreurs dans l'estomac et du sel sur les joues, sous prétexte que je suis une femme libre, j'avale un médicament pour les parkinsoniens.

Je me demande vraiment à partir de quel moment on commence à dire *c'est que du bonheur.*

DANS UN AVENIR pas encore convoqué (+ 518 jours) :

*« Beaucoup de femmes se sont vu prescrire de la bromocriptine pour prévenir ou arrêter la lactation. Or, aujourd'hui, ce médicament est associé à un trop grand nombre d'effets indésirables graves pour continuer d'être utilisé dans cette indication. Dans un communiqué du 25 juillet 2013, l'Agence du médicament annonce cette décision, estimant que le rapport bénéfice/risque de ces médicaments n'est plus favorable.*

*[...] L'utilisation de la bromocriptine a été associée à la survenue d'effets indésirables rares mais parfois graves, cardiovasculaires (notamment accident vasculaire cérébral, infarctus du myocarde et hypertension artérielle), neurologiques (principalement convulsions) et psychiatriques (hallucinations, confusion mentale), chez des femmes prenant ces médicaments pour prévenir ou interrompre la montée laiteuse après un accouchement ou une interruption de grossesse*[1]. »

---

1. *A. Blaize,* Médisite, *30 juillet 2013.*

Je voulais être une femme libre avec des seins pour jouir et un bébé dans un berceau, parce que les biberons n'ont pas été conçus pour les chiennes ou les vaches laitières. Je voulais être une femme libre parce que les enfants qui tètent les seins des mères, paraît-il qu'ils nous dévorent le corps, et puis qu'ensuite ils nous dévorent la vie et font de nous des mères asservies, des mères empêchées par la toute-puissance des morveux devenus rois.

Je voulais être une femme libre avec des seins qui font bander, alors, sans sourciller, je me suis pliée aux injonctions d'un monde qui ne veut que des seins et des vagins sexuels, surtout pas de seins qui éjaculent des fluides laiteux ni de vagins qui donnent la vie ouvertement. Croyant brandir l'étendard de la liberté, je sais maintenant que je n'ai fait que m'asservir à des tyrans plus pervers que mon bébé recroquevillé, incarnés dans des boîtes métallisées sur des étagères de supermarchés, étalages infinis qui proposent des solutions à tous les problèmes de la vie, même au fait d'être une mère qui voudrait garder des seins sexuels pour un mari qui bande encore. Pour être une femme libre, j'ai réduit au silence mon corps reproductif pour célébrer avec complicité mon corps productif.

Je voulais être une femme libre alors j'ai brandi l'absence en réponse à la tête tournée de mon bébé affamé, j'ai choisi le silence pour remplir la bouche ouverte du nourrisson blessé. Quelque part, ça semblait logique, parce que j'y croyais fort, à la négation de mon animalité, j'y croyais fort que les seins des femmes sont là pour être libres et libérés sous les corsages desserrés et les regards avides, j'y croyais fort que les seins déversés dans les minuscules bouches resserrées, ça ne sert à rien du tout, ça dévore les mères, et puis les pères aussi, qui restent là, seuls, avec cette verge en érection qui attend.

CE MATIN, je jette flacons et comprimés à la poubelle, je déshabille mon corps d'après et place ma petite fille lentement contre moi, petite boule humaine repliée contre le connu. Je nous enveloppe d'un drap froissé et m'endors contre lui qui dort déjà, parce que nos corps abattus n'ont besoin que de sommeil, nos corps exténués ne sont plus soumis à l'exigence de l'érotisme, juste l'esquisse d'un baiser et nos doigts chauds qui se mélangent pour dire à quel point c'est difficile de ne plus dormir.

Ce matin, il n'y aura plus de bain tous les jours parce que les nourrissons doivent avoir les oreilles propres ; ce matin, il n'y aura plus de bébé durement séparé dans un lit qui n'invite jamais à dormir ; ce matin, il n'y aura plus de biberons systématiques qui font plier le corps de douleur de n'être pas un veau à nourrir ; ce matin, il n'y aura plus de sein inutile, même plus sexuel, parce que les corps amoureux sont à l'heure de dormir ; il n'y aura plus de parents qui marchent dans les nuits infinies.

Ce matin, nous arrêterons de courir en pensant qu'il faut, qu'on doit. Courir toujours. Ce matin, nous arrêterons de penser que la vie c'est tout de suite maintenant parce que le monde est fou et qu'il faut se dépêcher, vite séparer l'enfant de la mère dévoreuse, vite jouir pendant que l'enfant dort dans la chambre d'à côté, avoir des orgasmes sans serrer les dents quand le pénis pénètre les muqueuses blessées, se dépêcher de consommer travailler sortir sourire, l'enfant dans le berceau loin du corps de la mère qui appartient au père un point c'est tout. Ce matin, nous balaierons les injonctions d'une vie à toute allure.

Ce matin, nous nous recroquevillerons tous les trois, amoureux, en laissant le froid à la folle vie du dehors, nous chuchoterons des mots fabriqués, nous dormirons ensemble pour dormir, enfin. Nous nous affranchirons des tyrans et de l'abondance feinte, nous nourrirons l'enfant avec l'amour qui fabrique du lait, nous nous mettrons à la hauteur temporelle et physique du minuscule nourrisson. Nous arrêterons le temps en reposant nos corps soulagés de pouvoir enfin ne servir à rien, volontairement devenus inutiles.

Ce matin, nous lui dirons pardon, pardon, petite. Pardon pour le froid qu'on a laissé entrer, pardon pour la déchirure brutale, la lumière dans les yeux, pardon pour mon corps que je les ai laissés coucher, vaincue, pour te sortir de force, pardon pour l'absence, les cris et l'impatience de ces nuits qui ne finissaient jamais, pardon pour les choses, toutes les choses inutiles achetées, bien rangées à côté de toi qui n'avais besoin que de nous. Pardon pour les pas pressés, le monde entier veut aller vite, très vite, faire naître les bébés en douze heures maximum, les habiller les laver leur mettre un pyjama et les présenter à ceux qui attendent. Le monde entier est très pressé de voir l'enfant jouer, parler, ouvrir les yeux, manger, obéir, se conformer, grandir, étudier, travailler, consommer, baiser, enfanter, faire naître des bébés, fabriquer des petites filles et des petits garçons et aller vite, vite, avant que l'éternité ne se fasse la malle. Pardon, petite, pardon.

## 5

## Mère

RONDS, REPLETS, aux courbes pleines et féminines, mes seins ont retrouvé leur volume et leur puissance, reconvoquant la confiance égarée de ma grossesse. Lui aussi le constate tous les jours, sensible au grain de ma peau qui frémit sous ses doigts dompteurs, sensible à l'étroitesse de son pantalon quand il gonfle de désir pour moi. J'ai la sensation d'être force revenue d'entre les enfers de la maternité. Pourtant, je suis plus que jamais mère consacrée.

D'ailleurs, elle dort encore dans la chambre adjacente à la nôtre, les poings serrés sous les draps chauds et les traits détendus par l'insouciance de l'enfance. Dans le matin qui n'a pas encore ouvert les yeux, nos corps mélangés s'éveillent et je visualise mentalement mon sexe, refuge aux couleurs roses pas encore guéri du traumatisme et des doigts yeux mains tête qui y sont passés récemment. J'aimerais retrouver le vertige du frottement de son sexe contre mes muqueuses et sentir à nouveau le liquide chaud couler entre mes cuisses en me relevant d'un plaisir insensé, mais je ne m'y résous pas. Sous mes doigts roule encore cette boursouflure nouvelle, amas de peau recomposé, rouge vif, affleurant depuis la sourde blessure de la déchirure maternelle. Déjà meurtrie rien que par le frottement de mes sous-vêtements, en cadence sous mes pas réguliers, je m'effraie de ce que son sexe à lui peut venir mutiler encore.

Elle a sept mois, l'enfant qui dort. Elle a sept mois, et j'ai capitulé de mon désir assassin, abandonné l'idée d'utiliser mon corps à des fins de plaisir. Aujourd'hui, je ne sais plus que jouir de mes mamelons embrassés, mordus, pincés, de mes fesses rougies, de ma bouche célébrée, de mon cou sous son étreinte, de mes cheveux empoignés. Réduite. Mon sexe d'après, boursouflé et béant d'avoir été déchiré, ne sait qu'extraire et avaler l'air de l'extérieur quand je marche dans le silence. Alors, vers la jouissance, je suis en lutte, cherchant avec force à retrouver des sensations connues, comme un animal se battrait pour sa survie.

Me réconcilier avec mon corps reproductif en offrant à mon bébé la possibilité de s'abreuver à la source m'a pourtant permis de renouer avec mon corps sexuel. Même si la peur est toujours là, j'ai les seins gonflés d'amour et le corps à nouveau plein, je me sens prête à le faire triompher, à oublier les seins qui pendaient dans le vide et la peau étirée sur mes os. L'accueil de ma nature nourricière a fait renaître mes ardeurs.

Autrefois, je jouissais fort, dans le rire ou les larmes. D'abord précédait le silence, introspection égoïste, mutisme solitaire, pendant que sa langue infatigable caressait, léchait, mangeait, suçait, bavait, et puis je jouissais jusqu'à très loin, emplissant l'espace d'éclats de rire impossibles à retenir. Explosion de plaisir qui lui était offerte, à lui qui me croyait perdue quelque part dans le froissement discret des draps.

Autrefois, je jouissais vite et, parfois, des pleurs advenaient à la place des rires. Je ne savais trop qu'en faire parce que j'avais appris, consciencieuse, à conserver les larmes en dedans, à l'abri, à les écraser coûte que coûte. Mais, dans ces moments-là, je ne pouvais rien contre les soubresauts du corps jouissant. Alors les draps devenaient mouillés d'un fluide mélangé au rimmel de mes yeux, et j'enfouissais mon visage dans l'oreiller pendant qu'il caressait mon sexe refermé d'avoir fini d'aimer.

Aujourd'hui, je jouis faible. Je jouis en silence. Aujourd'hui, je suis un corps d'après. Plusieurs fois, j'ai essayé caressé exploré avec mes doigts – Clitoris Lèvres Vulve Vagin –, ou avec un objet en plastique fluo, avec ses doigts à lui aussi, mais. Grognement indicible du corps accouchant d'un orgasme raté. Silence. Ennui. Mon insensibilité est à chialer de rage et c'est chaque fois le même refrain, insatiable faim de mon vagin ankylosé.

(désir brûlant qui finit par tordre pincer claquer sur mes fesses infatigables, ma colère d'être une femme dérobée, ma colère que ça ne soit jamais assez, assez puissant, assez jouissif, la patience qui me manque de redonner vie à ce morceau de chair abîmé anesthésié instrumentalisé sans distinction avec tout ce qui l'environnait, vagin cul périnée, la féroce exaspération de sa douceur, mes ordres pour qu'ils me donnent ses doigts à aspirer, ses doigts qui remuent et m'emplissent jusqu'à ce que la tête me tourne et mes genoux vacillent)

Alors, ce matin, avec nos corps confus et celui du bébé endormi dans la chambre d'à côté, j'ai décidé de réapprendre l'étreinte salée, parce que dans mes rêves et mes pensées, je me souviens comme il est bon d'être remplie de lui férocement ou lentement, selon ce que nos chairs décident.

Je crois qu'il a peur de me blesser. Je crois que j'ai peur d'être brisée. Ou peut-être que je crains les souvenirs qui pourraient affluer sous mes paupières, et l'impossibilité de jouir à nouveau de ce vagin arrivé à date de péremption. Tous les deux, nous sommes secs de peur et de sensiblerie ; on ressemble à s'y méprendre à des adolescents s'apprêtant à perdre leur virginité, moins pour l'amour que pour le défi d'être des corps déflorés. On mélange nos langues et nos chevilles, on s'enlace pour faire comme si, mais rien n'est tendre dans nos sexes, tout est peur et froideur, souvenirs impérissables d'un échec annoncé.

Nous ne renonçons pas.

Ses doigts dans ma bouche. Ses doigts comme je les aime. Il sait combien la fièvre m'emporte quand il fait ça, ce geste qui me trouble plus encore que des fesses intimidées par une main qui corrige.

Ma salive sur son sexe.

On recommence. Comme des adolescents qui n'ont jamais fait la chose.

Son corps est lourd au-dessus du mien pétrifié. Je reconnais son sexe massif à l'entrée de mon vagin, doucement il avance les hanches, lentement il me pénètre. Malgré la salive la main la bouche, malgré ses doigts qui enserrent mon cou, j'ai l'impression de n'avoir jamais fait l'amour, l'impression d'être une novice qui ne sait pas où mettre ses mains, qui ne sait pas quoi dire (*« Détendez-vous, mademoiselle, sinon je ne vais pas y arriver »*). Alors je me tais et j'attends qu'il se finisse. Il accélère ses mouvements de va-et-vient, même s'il n'y a qu'une infime partie de sa verge qui entre en moi. Je tourne la tête.

Enfin ça vient, très vite, ça vient. Je le sens parce qu'il va vite, de plus en plus vite ; mes chairs endolories s'écartent, je serre les lèvres. Je sais qu'il aura bientôt fini. Je sais que, bientôt, il aura le corps secoué à l'abri de mon sexe chaud, sexe impavide qui ne sait plus comment on jouit mais qui accepte, en compagnon *fair-play*, d'accueillir l'homme et sa semence. Peut-être qu'avec le temps je n'aurai plus mal. Peut-être qu'à force je ne repenserai plus à la tête du nourrisson, à leurs mains sans consentement, à ce corps allongé sous les ordres.

En attendant ce jour, je m'allonge sur le côté, les yeux ouverts vers la fenêtre, son corps reposé derrière moi, son sexe replié contre mes fesses poisseuses et sa bouche baveuse dans mon cou, laissant la trace de son sommeil retrouvé.

(mais qu'est-ce qu'elle a encore, cette femme dingue ?)

*Le jour où le père a été écarté du récit, c'était en fait un matin noir de bric-à-brac, bricolages d'hommes et de femmes venus démonter en quelques heures onze années d'une vie cordiale, une vie passée à la joie les cris l'alcool la musique les cris la fête la famille l'amour les pompiers les cris les jeux les fiertés les disputes l'enfermement la violence l'alcool les cris les larmes les coups hurlements menaces. Une vie à démanteler avant que l'homme, causeur de troubles, géniteur de son état, revienne et fasse cesser le vacarme.*

*C'est en apercevant un oncle en train de dévisser un meuble de salle de bains que je compris ce qui était en train de se passer : la mère mettait à exécution ce qu'elle nous avait promis quelques mois auparavant. C'était une fin de journée comme on en faisait des tas après l'école, nous nous apprêtions à dîner quand l'homme, rentré ivre d'une énième journée au bistrot, avait insulté humilié frappé. Les mots et les façons n'ont pas subsisté dans mon vieux souvenir, il ne reste que le goût amer de la peur et de l'immobilisme, le personnage désarticulé que j'avais trouvé dans un œuf en chocolat et que je faisais rouler entre mes doigts, mes yeux baissés à l'inverse du drame, la voix forte et avinée du père au-dessus du corps maternel, ses mains tremblantes, sa vulnérabilité, corps bousculé sous les assauts de la colère masculine, les sanglots des mômes effrayés, la porte qu'il a claquée, nous tous additionnés dans les bras de la mère et ses mots qui prédisaient qu'on allait sortir d'ici, vivre dans un nouvel appartement. La joie de me sentir protégée et la perspective d'une vie nouvelle sans cris ni fête à mal finir.*

*Et puis, avant le point final en noir et blanc d'une vie en suspension, le retour du corps paternel dans le couloir de l'appartement, chavirant jusqu'à mon lit pour s'excuser dans le silence de n'être qu'un mauvais père, cette impression de rêver flou entre ses mots insensés.*

*Bien sûr, il y eut une suite à l'histoire. Une suite en pointillé qui déconstruit la ponctuation de ma vie familiale et place le point final de l'existence paternelle au cours de cette nuit trébuchante. Quelques mercredis après-midi, il a usé de son droit de garde, parent secondaire qui n'avait ni devoirs à honorer ni culs à torcher, juste la douleur du divertissement alors qu'il y avait mille autres bouteilles à boire. Il avait des mercredis après-midi pleins de promesses, mais aussi pleins d'amis avec qui partager des verres ici et là, alors les promesses s'élimaient et disparaissaient en rires gras et pâteux. Ses bambins mendiaient de l'amour comme des camés en manque de dope mais il riait parce qu'avec toute cette vie de merde, il fallait bien rire un peu. Nous trouvions alors des occupations subversives. Bambins facétieux, nous*

*nous échappions de son appartement exigu et transformions la métaphore de nos destins en un réel domptable ; les fesses à même le bitume ou posées sur quelques feuilles de journal trouvées dans d'anonymes boîtes aux lettres, les rires en cascade dans nos manteaux bon marché, nous tendions la main, paume face passants, enfants en désordre sur un bout de trottoir.*

*Peu à peu, les mercredis après-midi ont dessiné pour lui une suite à écrire. Il voulait mère et enfants ou rien du tout.*

*Alors il a choisi : il est parti.*

*Nous, on est restés. On a attendu des milliers d'années mais c'était trop tard, il était parti.*

*Et nos cœurs ont gelé.*

J'AIME LES PREMIÈRES FOIS comme les matins balbutiants, la possibilité d'un autre dessein, celui de la révolution, l'amour fou, le silence. À l'inverse, les soirs semblent enfermer ce qui n'a pu être accompli. Les nuits qui tombent sont comme des génériques de fin sur un tableau mortifère, d'ailleurs elles tombent alors que les matins se lèvent, elles s'effondrent alors que les matins triomphent. Les aurores offrent des possibles au monde quand les nuits exhalent l'échec.

Au petit jour, ce matin, comme tous les autres matins depuis que nous avons abandonné le cliché de notre vie réussie, je traîne mon corps gelé en dehors des draps tièdes, je nous enveloppe d'une couverture en laine épaisse et je la prends contre moi, lui offrant sa première tétée de la journée. D'abord, j'enfouis mon nez dans sa chevelure pour éprouver cette odeur singulière qui fait d'elle l'unique dans cette éternité. Puis je l'embrasse quelque part entre les plis de sa peau pour conjurer le silence, lui chuchote un « *bonjour* » éraillé et lui sourit, consolée de sa douceur exquise. Elle s'agrippe à mon buste et se charge de se nourrir à la source pendant que je termine de dormir un peu. De sa main délicate, elle me caresse le cou ou la main, attrape ses pieds, se frotte les yeux. Elle irradie de beauté. Le silence du matin n'est rien qu'à nous. Je m'agrippe à ce moment pour ne pas oublier, saisir le temps qui passe et vivre pleinement un nouveau jour qui s'éveille sous la blancheur des réverbères.

Le soir venu, j'accompagne son sommeil, lui donne le sein sur notre fauteuil, abandonnée au confort délicieux de cet instant ouaté, comme un souffle dans la frénésie d'une journée ordinaire. Je caresse la plante de ses pieds, effleure son visage, ordonne ses cheveux insolents avant de m'absorber dans la douceur de sa peau. À son tour, elle promène ses doigts sur le haut de mon buste puis se frotte les yeux longuement, infime rituel d'adieu avant l'immersion définitive dans la nuit. Je ferme les yeux moi aussi pour être là, vraiment là, avant que ne s'éteigne cette accalmie, saisir le moment vécu sitôt envolé. Je voudrais parfois demeurer ainsi éternellement, me noyer dans l'onctuosité de sa peau blanche mais, délicatement, je la dépose dans son lit et me retire de la chambre obscure, non sans un dernier regard vers son ventre ronflant, rythmant le lent bercement des draps. Et je perçois l'impossibilité à figer le souvenir, ce temps qui m'échappe.

Et puis, la nuit venue, c'est une journée ordinaire qui trépasse, une soirée qui n'est rien qu'à moi.

Alors je me dirige vers la salle de bains, c'est un rituel, comme une sorte de fin ravivée : ma peau rougie, ma tête dans le vertige, mes genoux rompus, la mélodie des clapotis contre le carrelage mural. C'est une soirée routinière qui s'achève. Une fièvre ardente qui me réveille. Comme tous les autres soirs depuis la vie d'après, je me console, me rassemble, m'éprouve sous une eau brûlante. Forcée de me concentrer sur ma respiration pour me sauver de la puissance du jet, mes pensées se calment et s'apaisent, il ne reste que le corps à extraire vivant du feu et du vertige. Je brûle ma peau comme pour compenser ce qui manque en dedans. Je m'embrase sans ciller parce qu'il n'y a plus beaucoup de moi dans tout cela.

*Les années gelées, c'est un mélange d'immense tristesse et de joie tendre, une sorte de confusion trouble entre désordres joyeux et misère sociale, coups, humiliation, force fraternelle, grandes folies, corps souffrant, heureuse nostalgie, hurlements, tête baissée, rires d'enfants. Je me souviens d'abord des cauchemars d'une mère dingue, je me souviens des années trop chères, à envier sans cesse ceux qui n'avaient pas à sentir l'odeur rance du pain d'épices des associations charitables. Je me souviens des nuits et des factures qui remuaient le sommeil maternel, son corps écrasé sous la honte, rasant les murs des organismes sociaux pour nous éviter les moqueries.*

*Les années gelées, nous les avons vécues au sens le plus propre quand, rieurs et fatalistes, nous soufflions sur les fenêtres, exhalant la buée de nos bouches pour sublimer le froid de nos corps. La mère avait fait retirer tous les convecteurs de la maison pour ne plus avoir de factures impossibles à payer et, parfois, c'est avec des gants aux mains que je réalisais mes exercices de mathématiques ou de sciences naturelles.*

*Les années gelées, c'est aussi la mémoire de la mère en proie à une paranoïa délirante, ses ordres et ses menaces impossibles à apprivoiser ; après avoir privé nos corps de chauffage, elle fantasmait nos gaspillages d'eau, nous poursuivant inlassablement dès que nous approchions un robinet. Très souvent, alors que je me déshabillais lentement dans la salle de bains, sa voix menaçante surgissait derrière la porte : « Baisse l'eau ou je rentre et je t'en mets une. » L'eau, ça la rendait définitivement dingue, ça la noyait jusqu'à l'hérésie. Elle l'entendait couler même dans le sommeil, se levait parfois la nuit pour vérifier et réalisait qu'il n'y avait qu'elle qui remplissait la nuit de ses mille pas dans le froid. Quelquefois, alors que je faisais la vaisselle, elle hurlait dans mon dos sa rage d'être une mère encombrée et m'ordonnait encore de baisser l'eau ; je tentais de lui expliquer qu'un débit plus faible imposerait de toute façon un temps plus long de rinçage, mais elle ne cessait de me répéter qu'elle avait quitté l'école à douze ans pour veiller sur ses frères et sœurs alors elle s'en foutait bien du rapport entre volume et vitesse, je ferais mieux de la fermer si j'en voulais pas une derrière les oreilles. Je comprenais son désarroi, alors je haussais les épaules et me taisais, me courbant sous la culpabilité d'être une enfant détestable. De toute façon, ça la rendait folle, l'eau. Et quand on est folle, on s'en fout des mathématiques.*

*Très longtemps, l'ombre menaçante de la mère est restée près de moi, mère malade aux dents serrées par l'angoisse, vomissant des mots par milliers dans mon dos. Elle apparaissait souvent dans la vacuité des interstices temporels comme une sorte de sensation hypnotique et auditive. Intuition sourde et indicible de sa présence dans ma tête, poursuivant tous mes faits et gestes, criant dans mes oreilles ses menaces fantasmées, alors mon corps se voûtait en attendant que la voix cesse dans ma tête et mes oreilles.*

*Plus tard, drogues en poudre dans la bouche le nez l'anus.*

*Et ma peau à brûler sous l'eau de la douche, ma tête à virevolter, mes genoux à faire tomber par terre. Mon âme à évanouir.*

*Mais rien n'y a fait. Très vite, j'ai su que je ne pouvais rien contre elle, immiscée dans ma tête.*

*Les années gelées ont aussi la beauté des hivers tout en blanc. Il y a nos rires et nos espoirs mélangés, les peurs que l'on a partagées équitablement pour moins les sentir, les bougies soufflées sur du pain d'épices et les carnavals improvisés, les heures passées à m'égarer dans les vieux livres de la bibliothèque, les spectacles improvisés et les labyrinthes de draps et rideaux, les fast-foods une fois par an et toutes les joies douces de l'enfance que nous avons vécues quand même, faisant de l'histoire une chose à contempler sans misérabilisme.*

LORSQU'ELLE EST NÉE, ma petite étrangère avec des plis dans le cou et son odeur collée à moi pour l'éternité, son corps minuscule et fripé contre le mien dépecé, elle est devenue vivante. Je veux dire, vraiment vivante, sous mes yeux, incontestablement réelle. Et tout à coup, je n'y comprenais rien à tout ça, à cette vie dérobée en quelques heures, à ces rêves difformes dans mon crâne, mon âme, ventre vide, sang viscères bébé, savant mélange de vie et de mort.

La violence des néons impudiques sur ses yeux plissés qui venaient juste de s'ouvrir, l'impression de sentir avec elle l'insupportable dénuement de la naissance, les cris larmes poumons douloureux. La violence de leurs mains intrusives au fond de mon utérus déserté. Les murs en mouvement autour de moi, remparts soudains d'une vie en déséquilibre. Les tremblements irrépressibles de mes membres sans force. Sa bouche immensément ouverte sur mon sein incompétent. Ses hoquets confondus avec toutes les autres clameurs du monde, dans une sorte de réalité dont nous étions devenus, tous les trois, les marginaux invisibles.

Et puis les jours ont passé, se déroulant lentement en une litanie monotone à laquelle nous nous sommes acclimatés, transformant les jours en mois, les larmes en bégaiements fragiles et les regards en sourires explicites. Souillant le tableau idyllique de la maternité, brisant sa cadence réglée, les murs imposés entre les chambres repas bains soins, nous avons pu sentir la peur le sang les cauchemars envahir nos corps pour nous délivrer. Tout à coup, nous n'en avions que faire des draps propres et des corps stériles, des consignes et des injonctions, de la photo de famille et des rictus de convenance. Tout à coup, nous acceptions d'être en état vulnérable, s'accrochant les uns aux autres pour survivre au vertige de la vie. Nous acceptions d'être là, à la merci du temps qui passe, avec elle qui dépliait lentement ses membres sous nos yeux, nous offrant le spectacle cru et beau de la vie non négociable. De la césure initiale triomphait le bruit au milieu du silence.

ELLE A SEPT MOIS, l'enfant qui s'éveille et débute son exploration du monde. Nous le constatons chaque jour, prenant le temps de l'observation discrète.

Mais d'autres, cupides, veulent se mesurer à l'impitoyable pouvoir du temps qui passe sur la nature humaine. Ils étudient les stades de croissance de l'enfant qu'ils inventent *pour son bien*, et nous proposent des solutions indispensables pour éduquer ces mignonneries dont on ne sait que faire ; ils confectionnent des petits pots dans de grandes usines au service des parents débordés, fabriquent des jouets hypnotiques, colorés, incassables. « *C'est important, l'éveil* », font-ils dire aux médecins prescripteurs d'opinion. Ils vendent des trotteurs pour y placer les enfants encore titubants, *pour leur bien*, parce qu'il faut leur montrer la marche à suivre, à ces chérubins inconscients, baliser leur chemin pour qu'ils avancent les jambes bien rangées, performantes. Derrière la tête de l'enfant, il faudra aussi placer un oreiller, vite, le plus tôt possible, à croire qu'il demeurerait une petite chose éternellement couchée au sol, avachie, si nous n'étions pas là pour lui apprendre à grandir. *C'est pour son bien.*

Dans la liste interminable des achats et autres cadeaux indispensables aux parents et enfants heureux, il y a aussi le parc, immense, à installer au centre du salon pour encadrer l'enfant, en sécurité, l'empêcher de venir fourrer son nez dans les affaires des adultes, toute cette vie qui ne lui est pas encore destinée. Le familiariser avec les espaces clos et réservés parce que tous les jours de toute sa vie, le corps en devenir sera parqué derrière des grilles, des portes fermées, des cloisons d'open spaces, des vitrines de magasins, coincé dans des files d'attente, des places de parking, des cours d'école, des chaises et des bureaux, des trottoirs, des appartements, des boîtes de nuit, des escalators, assigné devant des télévisions. Tous les jours de toute sa vie, le corps apprendra où est sa place, cet espace à protéger des indésirables qui voudraient y pénétrer.

Elle a sept mois et le monde entier ne s'est jamais autant préoccupé de nos volontés adultes, nous proposant mille solutions face à des problèmes que nous n'avons pas, nous invitant à une nouvelle forme d'abnégation qui ne dit pas son nom, la liste impérieuse de ces objets servant l'autonomie réglée de l'enfant-sangsue, sa socialisation disciplinée, son asservissement à un bonheur plus acceptable que le désordre de sa liberté. *C'est pour son bien.*

Les êtres humains en miniature savent pourtant être au monde malgré les paroles abêtissantes coussins transats parcs trotteurs qui les empêchent de.

Les repas enfermés moulinés mixés préparés, les tétines mises dans leur bouche qui les empêchent de. Mais il y a aussi les leçons de choses et les adultes qui savent et ça, ça les empêche encore. Il y a les conseils d'experts désignés, de la fécondation au tombeau, des mots, plein de mots, qui sont en fait des injonctions à être des gens bienheureux dans une vie policée. Il y a ces peurs qui disent « *attention, tu vas tomber* », et les enfants qui tombent vraiment parce qu'ils sont des êtres fidèles et loyaux, qui obéissent aux ordres et même aux frayeurs. Il y a la sagesse gentillesse docilité qu'on évalue comme le poids et les sourires. Pourtant la sagesse est la vertu des vieux et la gentillesse un vilain défaut des corps devenus dociles. Corps exemplaires qui finissent en silences allongés sous des mains qui savent mieux. Il y a les jolies mignonnes gentilles petites filles et les courageux forts intrépides petits garçons, les cols arrondis et les jouets métiers fonctions catégorisés. Il y a les soutiens-gorge pour les fillettes, qui sexualisent leur corps impubère, le maquillage, la coiffure, ces invitations à être belles séduisantes bandantes contre celles à être puissants virils prédateurs. Il y a les livres d'enfants avec des mères à la cuisine et des pères au travail, ces hommes et ces femmes qu'on fabrique, parfois même sans s'en apercevoir. Mais les nourrissons, eux, n'en ont que faire des bodys roses ou bleus parce qu'ils ont encore les yeux aveugles et juste l'instinct de vivre, ils ne voient pas tous ces empêcheurs de grandir qui menacent leur liberté à être autre chose que ce qui est prévu pour eux.

Mais *c'est pour leur bien*, ces folies qu'on interdit, toutes ces limites qu'on place autour de leurs corps indomptés pour conjurer le chaos, la dévoration ; *c'est pour leur bien*, cet étouffement par asphyxie, parce qu'il faut bien museler l'insoumission et les revendications juvéniles qui rendent malheureux, tout de suite, sans attendre, il faut le faire tant que l'enfant est petit, vulnérable, à la merci des adultes, avant que ne germe le soupçon d'une moindre révolte parce qu'après, nous dit-on, il est trop tard. Il est trop tard et les parents disparaissent sous la fureur des enfants égarés. Il est trop tard pour être de bons parents, toute la société pointe du doigt l'échec des mères à conformer ranger faire plier ces gosses en désordre, mères devenues les responsables de la folie du monde.

Pourtant, il y a l'instinct. Face aux empêcheurs de, il y a cet instinct des hommes, des femmes et des enfants venus au monde, mais on ne peut pas trop dire le mot, instinct. Parce qu'ensuite, les femmes finissent à la maison la lessive le ménage, avec cet instinct *maternel* qui leur colle aux basques. L'instinct, c'est pourtant la force de vie qui préexiste en chaque corps vivant pour survivre et évoluer. Ce n'est pas une histoire de salaires inéquitables ou de coups sur la tronche, ce n'est pas une histoire de fillettes fragiles princesses mignonnes et de garçons intrépides courageux chevaliers, ce n'est pas une histoire de bonheur ou de nature. L'instinct, c'est simplement l'addition de nos prédispositions à être, intuitions de nos corps à être compétents autonomes forts puissants. Verge ou vagin, peu nous importe.

Des corps. Corps asexués qui refusent de demeurer allongés et qui, coûte que coûte, se lèveront pour conquérir le monde. Leur monde. L'instinct, c'est la capacité à se mettre debout quand tout porte à croire que nous devrions céder sous la pression, les injonctions, les ordres, les objets.

L'instinct, c'est la capacité de l'ouvrier à s'émanciper de l'élite, la capacité de l'enfant à être respecté comme un être conscient, la capacité d'un peuple opprimé à développer son pouvoir d'agir. L'instinct, c'est la capacité de la femme à onduler le bassin pour danser l'enfant qui vient au monde, celle de l'homme à accueillir dans le silence, celle de l'enfant à devenir un corps debout.

L'instinct n'est pas chose féminine facilitant le passage du tablier pendant que les hommes travaillent décident protègent dominent gouvernent valident pénètrent. Les femmes aux fourneaux et les hommes à l'usine, ce sont juste des silhouettes fabriquées pour donner un sens au monde. Les femmes aux jambes écartées, les hommes délaissés au bord des chambres d'accouchement, les bébés rangés dans des trotteurs pour les empêcher de, tout ceci n'est que l'adaptation de nos corps à une autorité sociale médicale religieuse commerciale.

Nous sommes femmes hommes enfants soumis à l'autorité, cherchant comment combien pourquoi et consommant des objets parce que nous ne sommes pas des animaux, acceptant des doigts gantés de latex parce que quand même. Et puis nous devenons à notre tour autorité non négociable pour indiquer à cet enfant venu au monde comment combien pourquoi parce que lui ne sait pas tout ça, lui – croyons-nous – n'a pas les compétences pour concevoir correctement les choses de la vie, lui est dangereux pour lui-même et les autres si l'on n'y prend garde, il peut mourir tuer se brûler briser des objets fragiles.

L'enfant, petite boule de plis épidermiques qui pleure des heures quand on le fabrique, devient ainsi cette chose à la merci des adultes, assimilant et perpétuant assidûment l'ordre et la servitude.

Dans l'ordre des choses, enfant femelle devient ainsi cette femme sous contrôle, vouant peut-être sa vie à la reconquête de son précieux féminin.

J'AI PRIS DES TAS DE GIFLES *dans la tronche. Je ne me souviens pas des raisons, mais je me souviens des douleurs, des phalanges sur l'arête de mon nez, face au silence de ceux qui éteignirent leurs yeux, des coups de poing dans le dos, sur mon corps nu adolescent dans un couloir au sol glissant, des coups de ceinture sur nos fesses dénudées après la soumission de nous cinq agenouillés, le pantalon aux chevilles, des mots comme des gifles, d'un verre d'eau balancé à mon visage pour noyer mes mots quand j'osais la rébellion, de la peau tannée de sa main en même temps que ses cris, sirènes hurlantes qui me terrorisaient.*

*Mais un de mes frères a encore davantage subi les assauts de la main furieuse, peut-être parce que les études l'attestent : les garçons reçoivent plus de coups que les filles, peut-être que c'est comme ça qu'on fabrique des hommes et des femmes, en sexuant les coups qu'on leur assène. La mère a obéi aux tendances, même si elle n'en avait que faire de la construction de la violence ou des genres. Ce qui importait, c'était la docilité de ceux qui devaient obéir, alors elle tapait, c'est tout. Pour éduquer, elle n'avait bien que cela, sa main aux doigts élancés et les menaces pour faire plier les mômes dissipés.*

*Ce frère-là, c'était un des plus turbulents, une sorte de gamin insupportable qui se gavait jusqu'à la haine de bêtises enfantines, sachant se faire détester autant qu'admirer pour ses prouesses. Il bénéficiait, en même temps que des plus grosses corrections, d'une attention singulière de la part de la mère, sans que jamais nous ne sachions pourquoi. Peut-être compensait-elle ainsi toutes ces gifles lancées à la volée sur son visage poupon. Parfois des dizaines d'affilée, comme s'il était le réceptacle idéal de ses frustrations. Parce que bien évidemment, les coups n'avaient aucune vertu éducative, il y était accoutumé. Le frisson de ses déboires était bien plus enivrant qu'une énième baffe sur le visage. Ou peut-être même qu'il était tellement en manque d'amour que peu importait la force de la main sur sa peau, il en voulait quand même. Parfois même, il riait, semblant résister bien fort à la violence physique.*

*Et puis il y a eu ce jour.*

*Une porte fermée qui n'aurait pas dû l'être sans doute. Une poignée pour accueillir le visage. L'œil. À cause de la force impétueuse de la mère.*

*Arc-en-ciel funeste d'une violence à huis clos devenue vérité ostensible. L'œil est devenu bleu violet noir. La mère a eu peur. Elle me l'a dit quand les autres mômes furent couchés, elle me l'a dit rien qu'à moi parce qu'à moi, elle ne cessait jamais de se raconter. Elle me l'a dit, elle a eu peur d'être devenue parent maltraitant. Comme ceux des livres qu'elle empruntait à la bibliothèque du quartier et qu'elle me faisait lire ensuite pour me signifier peut-être que je n'avais pas à me plaindre. Toutes ces gosses violées droguées battues enfermées. Tous ces gamins tués à force d'être mis à terre, privés de nourriture, laissés dans leurs excréments, oubliés dans le noir. Je lisais l'horreur et me rassurais sur la normalité de mon enfance. Mais elle, elle a eu peur tout à coup. D'être rangée à côté de ce voisin qui attachait sa fille sur une chaise quand elle avait de mauvaises notes et la brûlait avec des cigarettes. Ou encore de cet homme, époux de la boulangère du quartier, terrorisant femme et enfants à coups de torgnoles avant d'éteindre sa vie une corde autour du cou.*

*Elle a eu peur d'être devenue eux, tout à coup, actrice de la violence ordinaire, abandonnant sa place confortable de spectatrice impuissante.*

*Lui avait six ans.*

*Les traces du corps ont peu à peu disparu. Sont restés les coups sans traces. Les mots sans preuves.*

Il a d'abord eu peur de mes larmes et de mes cris, les lèvres sèches et le corps en folie, en furie de lui alors qu'il y en avait des traces sur l'oreiller et des sanglots sous son corps. Il a eu peur de la douleur possible qu'il pouvait juxtaposer à ce corps déjà brisé, l'anéantir définitivement. Il a eu peur de mon besoin d'être remplie jusqu'à l'essoufflement, là où plus rien ne serait comme avant. Il a eu peur et moi aussi ; il me fallait réapprendre le corps jouissant, le sexe recomposé, le feu silencié.

Il me fallait me réconcilier, m'appartenir à nouveau. Alors j'ai dû aller au bout, seule.

La première fois, c'est venu par hasard. Je ne pensais pas faire partie de ces femmes chanceuses de pouvoir se répandre à leur tour, ces femmes à l'envers des silhouettes préfabriquées, réservoirs à abreuver de l'acidité des hommes. Je me remplissais, les yeux écarquillés d'urgence, faisant de mon sexe érogène un arc-de-cercle aux contours indissociables. Mon geste, maîtrisé et régulier, avait l'avantage d'allonger le plaisir, secouant mon ventre de frissons indomptables, faisant monter en moi des secousses violentes. C'est dans ce va-et-vient, gommant les frontières entre dedans et dehors, que ça s'est produit. Énurésie violente, incongruité ardente. Un liquide transparent s'est élancé d'entre mes cuisses, provoquant ma surprise et mon étonnement, et stoppant le processus à son apogée. Prise d'un éclat de rire, je venais de comprendre que j'avais joui à l'envers du connu. Je me repaissais d'un sentiment de plénitude et d'accomplissement jamais égalé. J'avais la sensation d'avoir vécu mon sexe entièrement, de m'être vidée d'un trop-plein, un plaisir encore jamais extrait de moi, j'avais la sensation d'une libération grisante. Alors j'ai voulu recommencer, encore et encore.

La deuxième fois, j'ai laissé venir l'incongruité des fluides échappés et j'ai été petite fille sale devenue femme entière, salopant le sol et le fauteuil de mon éjaculat volontaire, comme une sorte de revendication de mon droit de jouir par-dessus toutes les cruautés. Je n'ai laissé de ma féminité qu'une immense flaque et cette odeur indescriptible d'un orgasme frais et spectaculaire.

Puis j'ai voulu que lui aussi s'abandonne à ce qu'il n'avait jamais connu. J'ai voulu vaincre sa peur, qu'il comprenne mon caprice d'être écartelée de lui pour sentir jusqu'où ça pouvait mourir.

Nous étions d'abord nous deux maladroits, cherchant peut-être le sacré dans l'implacable recommencement. Nos mains bouches sexes quémandant le connu alors que tout avait changé pourtant, il nous fallait abandonner nos habitudes surannées, nous offrir à un plaisir incertain et méconnu. Alors dans nos draps, je devenais fragile de ce corps nouveau, en même temps qu'avide de nos désirs à recomposer. Entre mes bras, lui se faisait fébrile et désorienté, esquissant à son tour une danse nouvelle, son corps d'après à lui, tous ces gestes à réinventer.

Ça s'est d'abord passé comme un échec à enterrer, son sexe impossible impuissant, son désir réprimé d'une peur palpable, ses intentions égarées. C'est que je n'étais plus la même à présent, j'avais seule emprunté un chemin nouveau, la tentation de l'égarement m'appelait fatalement. Sans doute m'avait-il fallu me rencontrer avant de pouvoir entrevoir ce *nous* inattendu.

De ce *moi* présumé a surgi alors une force nouvelle, celle de pouvoir me dire pleinement, sans honte à freiner les corps des femmes.

Maintenant, il a compris. Il m'a comprise. Il n'a plus peur de moi ni de lui, de ce vagin déchiré par un bébé qui a fait de nous des inconnus au sexe recomposé. Il n'a plus peur et m'étreint enfin comme je voudrais toute ma vie être aimée, évanouie sous les gonflements frottements vacillements. Sous ses doigts, sous sa main, ce matin, j'ai gonflé, bandé très fort de cette chose tue par les hommes il y a longtemps. Solitaire et révulsée par mon plaisir, j'ai senti la transformation de mon corps de fillette, la certitude de moi debout. Je me suis sentie femme capable de bander.

Je me suis sentie femme transformée, écartelée autour de ses doigts, alors que d'abord j'ai eu peur. De ma tête en virevolte et de mes genoux en compote, de mon corps qui flanchait sous l'impossible vertige. Nous avons ri tous les deux en confondant nos corps et nos cheveux, et avons recommencé avec une avidité cinglée dans l'aurore dissolue. Il a gommé les frontières entre dedans et dehors et c'est comme cela que ça s'est produit, avec lui.

Je suis encore née ce matin, dans un immense jaillissement.

ELLE, ELLE DÉCOUVRE L'AMOUR. L'élan d'amour qui prend comme ça, fort et vite. Elle enserre avec passion cette peluche déchiquetée qui sent le rance du caniveau mais qu'elle aime d'un amour sans bornes. D'un amour furieux. Elle l'embrasse et rit de tous ses éclats de rire parce que c'est intense l'amour, la joie. Ça prend comme ça, alors qu'on ne s'y attend pas et parfois ça explose, ça se répand. Parfois, l'amour, ça fait rire crier applaudir trembler de tout son corps, cette énergie vitale qui surgit sans qu'on ne puisse rien négocier.

Elle découvre la colère, aussi. La rage, la fureur, le découragement, qui empoisonnent de la tête aux pieds. Alors elle s'exclame, hurle, pleure et renifle, se roule par terre en tapant des pieds, se tire les cheveux, se frappe le visage. Même si ce n'est qu'une histoire de canard ou de chaussette mal fixée, il y a de la vie et de la mort dans tout cela. Nous pourrions dire que *« c'est rien tout ça, tu ne vas pas nous enquiquiner pour un canard »*, mais nous éprouvons à travers elle le vertige de grandir ; ça déborde de partout, ces choses-là.

Et elle n'y peut rien. L'enfant n'y peut rien de tout son corps indéfini qui explose. Aucun enfant n'y peut rien de sa vulnérabilité. Aucun enfant ne peut se sauver tout seul de ce qui le noie et l'étouffe, peut-être est-ce la raison de notre présence. Le sens de nous. Peut-être est-ce pour cela que nous sommes pourvus de bras et de creux dans le cou : pour accueillir l'enfant et tout son corps bousculé quand il n'a pas encore les mots pour dire que ça fait mal là.

Sa colère, parfois, j'ai l'impression de pouvoir l'étreindre, tant elle est forte, puissante, palpable. Elle remplit toute la pièce et mes oreilles. Elle circule autour de nous et, elle, je la vois se débattre, parfois abdiquer. Je suis touchée et quelquefois je vacille à cause du silence et de son souvenir. Parce qu'on nous a fait taire et que mon corps tout entier doit désapprendre la soumission. Parce que j'ai tellement peur. Parce que si ça ne s'arrêtait jamais on plongerait vraiment dans le chaos.

Mais, avec lui à mes côtés, j'attrape les cris d'enfant au vol et deviens chose minuscule pour lui dire des mots à sa hauteur. Et mes bras. Le creux de mon cou. Parfois, elle y plonge, s'étouffant de larmes et de morve. Au sol, nos corps sont vainqueurs de n'avoir pas voulu étouffer la vie, enfermer la peine, annuler l'enfant.

Eux avaient voulu séparer l'enfant tôt, trop tôt, alors qu'il n'était encore qu'un silence enroulé contre nous, alors que l'odeur, les contrastes, les mots chuchotés, la césure pas encore entamée, alors que c'était trop le début pour se séparer. Mais il faut du temps aux corps minuscules. Comment peut-on se détacher si nous ne sommes pas d'abord attachés ? On ne peut se détacher du rien, on ne peut se séparer de ce qui ne nous a jamais liés, comment s'en aller si nous n'avons pas eu le temps de demeurer quelque part.

C'est un peu ça, le sens de nous, qui sommes là. Mère, je suis là. Même si mon corps abîmé n'a jamais vraiment guéri de ce qu'il a subi. Même si je suis tout entière un corps fait de violence, et c'est bien normal avec toutes ces douleurs qui persistent, douleurs jamais soignées, terreurs jamais pleurées. Je suis tout entière un corps fait de rage empêchée et c'est bien normal avec tout ce que je n'ai pas reçu. La violence s'est immiscée partout, elle a tout rongé, de mes chairs à ma tête, elle a envahi ce moi que je n'ai su ériger. La violence a pénétré les mains, les regards, les mots, les ordres posés sur moi comme sur elles toutes, corps de femmes asservies. Violence, je l'ai fait mienne, j'ai consenti à en être la complice jusqu'à ce que naisse cette mère-là, fragile puissance.

Je suis cette mère-là. Corps étouffé, délié avant même d'avoir pu agripper la rive rassurante de cette vie impétueuse.

Je suis la mère funambule.

Mais je suis là.

# Épilogue

JE SUIS NÉE de mon sexe femelle.

Je suis née assignée, je suis née pesée mesurée évaluée, j'ai grandi pesée mesurée évaluée. Assiégée.

D'abord, j'ai entendu les adultes m'exhorter à la tendresse la sensiblerie la dévotion, j'ai été attendue devant les rayons des poupons en plastique, ma vie déjà esquissée de rose bonbon pour signifier ma douceur fragile. Puis, très vite, j'ai tout su de mon féminin attendu ; des tenues impeccables aux couleurs acceptables, j'ai su comment les petites filles devaient s'asseoir et parler pour être de vraies petites filles, j'ai su que je n'avais pas à grimper aux arbres parce qu'il y avait de la pudeur sous ma jupe, j'ai su qu'il me faudrait sans cesse redouter les hommes, des êtres pulsionnels à qui on ne peut pas vraiment en vouloir d'être ce qu'ils sont. Vouée à devenir une épouse, on m'a appris à jalouser les autres petites filles ; sur le marché de la séduction, la concurrence est rude. On a mis à ma disposition maquillage vêtements accessoires pour m'embellir, petite fille insuffisante, on m'a dit que, pour être recevables, les corps des femmes devaient être lisses minces clairs, aux courbes bien placées.

Quand j'ai obéi, on m'a traité de pute traînée fille de rien. Alors j'ai appris consciencieusement à détester mon corps, à le voir comme un ennemi à abattre, un problème à résoudre. J'ai appris l'inconfort de moi, l'inaptitude de moi femme, j'ai pensé que j'étais trop, pas assez, poils graisse boutons fluides odeurs. J'ai pensé que nous étions trop, pas assez, grandes, minces, célibataires, grosses, petites, mères, noires, en pantalon, poilues, lesbiennes, voilées, dénudées, aux cheveux lisses ou crépus. On nous a voulues sans failles, je me suis faite poupée silencieuse aux yeux clos.

Insidieusement, j'ai intériorisé l'idée de moi coupable. Ma sexualité a été réprimée salie acculée quand celle des hommes a été glorifiée normalisée excusée. Quand j'ai été agressée, je me suis demandé si c'était de ma faute, avais-je dit non assez fort, combien de fois, était-ce bien clair ?

J'ai sans cesse été rappelée à mon devoir de séduction, de procréation, d'éducation, de gestion domestique et, femme, je reste responsable de tous les échecs possibles, de mon accouchement raté à l'éducation des enfants polissons. Face à l'épuisement, les magazines féminins prétendent que c'est moi qui ne sais pas faire, me conseillent de faire du yoga, boire des tisanes, faire du sport, manger bio et équilibré, femme coupable de ne pas parvenir à m'organiser convenablement. Désordonnée.

Quand je suis devenue mère pourtant, l'idée s'est édifiée en moi de mon corps suffisant capable compétent. J'ai dû éprouver ma chute pour apprendre à me relever. J'ai dû éprouver le sommeil pour apprendre à ouvrir les yeux. Et si des sourires tout en blanc m'ont invitée à me coucher et à me laisser faire, j'ai la conviction de ma colère juste.

Je sais nos corps comme une armée de petites filles en désordre, je sais nos corps valables. Indociles privilèges.

Notre désobéissance est œuvre.
Notre insoumission nécessaire.
Nos corps, le rempart d'une lutte obligée.

# Remerciements

Je voudrais d'abord remercier les Éditions François Bourin pour leur confiance et leur bienveillance, et d'avoir porté avec moi ce projet. Votre soutien a été vraiment précieux.

Merci à Jean-Sébastien Luciani, épaule amie des premiers jours, relecteur inépuisable dont la présence inconditionnelle aura contribué sans aucun doute à l'existence de ce roman.

Merci à Alexia, Claire, Bastien, ami.e.s d'ici et d'ailleurs qui m'ont permis d'avancer, de dépasser certaines évidences, et de faire de ce projet ce qu'il est aujourd'hui.

Puisse être enfin remerciée cette narratrice sans nom, pour m'avoir permis d'explorer l'escarpé de nos trajectoires de petites filles fantômes et d'imaginer les possibles d'un féminin puissamment résilient.

# Table des matières

1 Le corps d'avant ..................................... 15
2 Silence sous ingérence ......................... 47
3 Allégorie ................................................ 91
4 Mais tu n'es pas morte ....................... 115
5 Mère ...................................................... 173

Épilogue.................................................205

Remerciements.......................................209

## Dans la même collection

*30 histoires insolites qui ont fait la médecine,* Jean-Noël Fabiani
*À la folie,* Clémentine Célarié
*Affaires de famille,* Agnès Naudin
*Aliénor, l'insoumise,* Isaure de Saint Pierre
*Augustin,* Alexandre Duyck
*Avec vue sur la mer,* Didier Decoin
*Aya,* Marie-Virginie Dru
*Blanquette,* Laure Buisson
*Bon à rien,* Natalie David-Weill
*Cabale pyramidion,* Samuel Delage
*Ces nazis qui ont échappé à la corde,* Jean-Paul Picaper
*Code Salamandre,* Samuel Delage
*Dans la tête de Donald Trump,* Anne Toulouse
*Dans son cœur sommeille la vengeance,* Sonia Mabrouk
*Déjeuner en paix,* Charlotte Gabris
*Deux femmes dans la tourmente,* Teresa Messineo
*Donne-moi des fils ou je meurs,* Maud Jan-Ailleret
*Envole-moi,* Sarah Barukh
*Et puis au pire on s'aimera,* Thierry Cohen
*Et vous, vous y croyez ?,* Hubert Prolongeau
*Fils à papa(s),* Christophe Beaugrand
*Gump & Cie,* Winston Groom
*Harry et Franz,* Alexandre Najjar
*Histoires extraordinaires de la Résistance française 1940-1945,* Dominique Lormier
*Histoires extraordinaires de la Seconde Guerre mondiale,* Dominique Lormier
*Impasse Verlaine,* Dalie Farah
*J'ai décidé de vivre,* David Milliat, Christophe Henning
*Je ne suis pas parisienne,* Alice Pfeiffer
*Je suis né à 17 ans…,* Thierry Beccaro

## Dans la même collection

*Je suis née à Bergen-Belsen*, Yvonne Salamon avec Frédérique Agnès
*Johnny, le guerrier*, Gilles Lhote
*Juliette de Saint-Tropez*, Valentin Spitz
*KGB-DGSE. Deux espions face à face*, Sergueï Jirnov et François Waroux
*L'Arbre des oublis*, Corine Valade
*L'écriture du monde*, François Taillandier
*L'été de tous les bonheurs*, Felicity Hayes-McCoy
*L'homme qui fuyait le Nobel*, Patrick Tudoret
*L'odeur de l'herbe après la pluie*, Patrick Jacquemin
*La croix et le croissant*, François Taillandier
*La Fille du delta*, Frédérick d'Onaglia
*La mangeuse de guêpes*, Anita Nair
*La petite bibliothèque du bonheur*, Felicity Hayes-McCoy
*La petite fille du phare*, Christophe Ferré
*La sœur du Roi*, Alexandra de Broca
*La Vengeance du loup*, Patrick Poivre d'Arvor
*La vie sauvage des femmes*, Bénédicte Brézillon
*Lâcher prise*, Benoît Aymonier
*Le Club très privé des nageuses à marée haute*, Katie May
*Le Faux Pas*, Frédérick d'Onaglia
*Le goût de nos mères*, Eva Bettan
*Le Pacte interdit*, Henri Bellotto
*Le Parrain et le Rabbin*, Sam Bernett
*Le Pays d'où l'on ne revient jamais*, Julien Thèves
*Le petit café du bonheur*, Felicity Hayes-McCoy
*Le petit jardin du bonheur*, Felicity Hayes-McCoy
*Le peuple des abattoirs*, Olivia Mokiejewski
*Le premier qui tombera*, Salomé Berlemont-Gilles
*Le Soleil rouge du tsar*, Violette Cabesos

# Dans la même collection

*Le Squale*, Francine Kreiss
*Le Tableau*, Laurence Venturi
*Les 100000 collabos*, Dominique Lormier
*Les chats, comment ils prennent soin de notre santé !*, Anne-Claire Gagnon
*Les crimes nazis lors de la Libération de la France (1944-1945)*, Dominique Lormier
*Les Déviantes*, Capucine Delattre
*Les Grandes Affaires de la Libération*, Dominique Lormier
*Les infirmières de Notre-Dame, * Flavie*, Marylène Pion
*Les infirmières de Notre-Dame, ** Simone*, Marylène Pion
*Les infirmières de Notre-Dame, *** Évelina*, Marylène Pion
*Les infirmières de Notre-Dame, **** Les* Nursing Sisters, Marylène Pion
*Les jeunes femmes de 50 ans*, Mylène Desclaux
*Les femmes du Général*, Gérard Bardy
*Les sandales blanches*, Malika Bellaribi
*Les Semeurs de bonheur*, Cécile Pardi
*Madame S*, Sylvie Lausberg
*Mademoiselle dite Coco*, Madeleine Mansiet-Berthaud
*Mai-juin 1940 : les causes de la défaite*, Dominique Lormier
*Merci maîtresse !*, Anouk F.
*Mes Jardins de Paris*, Alain Baraton
*Molière, chef de troupe*, Francis Perrin
*Mon cœur restera de glace*, Éric Cherrière
*Mon étrange sœur*, Marie Le Gall
*Mortelle tentation*, Christophe Ferré
*N'abandonnez jamais, ne renoncez à rien*, Francis Huster
*Nos baisers sous la neige*, Karen Swan
*Nos vies insoupçonnées*, Anaïs Jeanneret
*Nouvelles histoires extraordinaires de la Résistance*, Dominique Lormier

## Dans la même collection

*On n'efface pas les souvenirs*, Sophie Renouard
*On s'aimera*, Clémentine Célarié
*Pourquoi je t'aime*, Francis Huster
*Poutine*, Frédéric Pons
*Quand Maman plantait des brosses à dents*, Christelle Bardet
*Quelle histoire !*, Michèle Cotta
*Requiem pour un chat*, Olivier Bellamy
*Rien n'est écrit*, Sandrine Catalan-Massé
*Rumeurs d'un village, * La sentence de l'Allemand*, Marylène Pion
*Rumeurs d'un village, ** L'heure des choix*, Marylène Pion
*Socrate à vélo*, Guillaume Martin
*Sortie(s) de secours*, Caroline Langlade
*Sous le manteau du silence*, Claire Bergeron
*Tyrannie*, Richard Malka
*Un écrivain*, Laure Arcelin
*Un été sans toi*, Karen Swan
*Une aventure monumentale*, Olivier Dutaillis
*Vengeance à temps partiel* (série *Sisterhood*), Fern Michaels
*Vigneronne*, Laure Gasparotto
*Zoo Station*, David Downing

Imprimé en France
par Corlet Imprimeur
14110 Condé-en-Normandie
N° d'impression : 22050614
Dépôt légal : octobre 2022
ISBN : 978-2-3791-3127-1

www.monpoche.fr